símbolos
el pozo

la soledad
se muere
regeneración
estaciones - el ciclo
spans a yr.

el a
la rein

la virginidad
se porte en

- los lirios - la pureza y la muerte

y El autor le enseña como si fuera niño.

Tema central = los adultos tienen que guiar los niños
es pedagógico

burro - fue animal de carga, ahora de espiritualidad

temas
el regionalismo (Modernismo)
refleja su vida cotidiana
el ciclo de la vida
la resurrección, El Espíritu Santo = la mariposa
la pascua → el burro en que pasa cristo
'el domingo palmas'
sangre y coronado - como Cristo.
Platero echa sangre 3 veces

hay elementos premonitorios de la muerte del burro
no es un libro religioso pero sí expresa los dogmas del cristianismo
- hay que ser buenos

J. R. Jimenez cont.

España
Andaluzes
Andaluz Andalucía
Huelva
Moguer (suburbs)

familia con viñas y barcos,
rica/acomodada
religioso, educación jesuita disciplinada
estudia derecho
Madrid era su foco literario, se deprime, quiere suicidarse, vive con su médico por un rato. P+Yo refleja el contraste entre el pueblo de su juventud y su regreso. Tambien refleja la bancarota de su padre. Se exilió. Vive en NY, Cuba, Puerto Rico. Es poeta. P y Yo es su única obra en prosa.
persona muy sensible (sensitive) y deprisiva patológicamente

P y Yo - su única obra modernista
3 puntos
+ la sed de belleza
+ la búsqueda del conocimiento
+ el anhelo de la eternidad - lograr la inmortalidad, y la alcanza a través de sus obras

simb

Juan Ramón Jimenez (1881-1958) Platero y yo • 1914 Modernismo 1900-1950

oeta más famoso de la península
parecido a Becquer
Ganó el premio Nobel de poeta
Modernista y al final Novecentista
se alejó de sus amigos
Deprimido y quería suicidarse
se exilió voluntariamente

regresa al Romanticismo
su guía es Becquer
influencia de Francia
altibajos políticos
Primo de Rivera 1923-1930
la República 30-35
la guerra civil, Franco
las guerras Mundiales,
la monarquía

el ámbito literario estético

una época muy tumultuosa
Niebla + Platero both written 1914
↓ tema castellana/la ciudad
↓ tema Andaluz el campo/pueblo

Francia:
Parnasianismo - 'el arte por el arte'
lograr la obra perfecta. La forma
es más importante que el contenido.
Lengua bella en vez de importante.
Lo exótico, la naturaleza
Simbolismo - para expresar las ideas
de la belleza.
*la belleza como meta (tropos = recursos literarios)
final. La perfección formal

Platero y yo -

⊳ = la fundación del Modernismo es una síntesis de los dos
- la estética
inc. valores sensoriales, lo exótico, la belleza, simbología,
lo romántico, → es positivo

los temas del Modernismo
- lo íntimo y privado, siempre con la búsqueda de la belleza
- el paisaje (conecta con la intimidad del autor)
- las mujeres (todas son bellas)
- el escapismo, la fantasía, una visión cosmopólita bella
- el arte por el arte
- la sed de belleza

Letras Hispánicas

Juan Ramón Jiménez

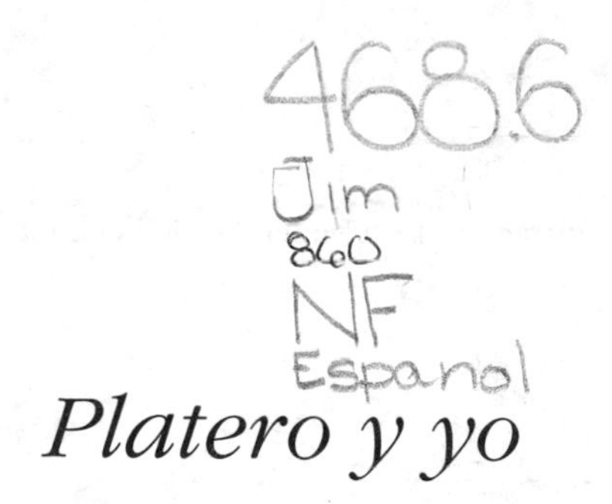

Platero y yo

Edición de Michael P. Predmore

VIGÉSIMA EDICIÓN

CATEDRA

LETRAS HISPANICAS

1.ª edición, 1978
20.ª edición, 2002

Ilustración de cubierta: David Lechuga

Juan Ignacio Luca de Tena, 15. 28027 Madrid
Depósito legal: M. 29.746-2002
ISBN: 84-376-0161-4
Printed in Spain
Impreso en Fernández Ciudad, S. L. Madrid
Catalina Suárez, 19. 28007 Madrid

Índice

APÉNDICES

Introducción

To my mother,
with love and appreciation

Dentro de la vasta producción literaria de Juan Ramón Jiménez, *Platero y yo* se destaca como una obra maestra y como uno de los poemas en prosa más famosos de la literatura española del siglo xx. Al aparecer *Platero*, en 1914, la crítica, tanto en América como en España, lo recibió con gran entusiasmo y cariño. Desde entonces hasta hoy esta «elegía andaluza» sigue siendo leída entre los pueblos de todo el mundo. Ya en 1953, el autor observa que «de *Platero y yo*, las ediciones suman más de un millón de ejemplares»[1]. Y comenta a Ricardo Gullón en el mismo año:

> Entre las obras características de mi prosa considero a *Platero* la más representativa de la primera época y *Españoles de tres mundos* la más representativa de la segunda[2].

Elegía andaluza, autobiografía lírica, inmortalización de Moguer (pueblo natal del autor), bello poema en prosa, *Platero* es todo esto y mucho más. Como expresión cultural de principios del siglo, tiene aspectos históricos y sociales que quedan todavía poco estudiados. En otra edición de Cátedra, Vicente Gaos hace esta observación, sorprendente a primera vista, pero, a mi parecer, muy acertada:

> Este libro... es justamente... a la vez que una grácil «elegía andaluza» (Juan Ramón es el «descubridor» lite-

[1] «Respuesta a una entrevista», *La corriente infinita*, Madrid, Aguilar, 1961, pág. 241.

[2] *Conversaciones con Juan Ramón*, Madrid, Taurus, 1958, pág. 120.

> rario de Andalucía, como la «generación del 98» lo fue de Castilla), la aportación del autor al examen de lo que a fines del siglo pasado se llamó el problema de España[3].

Conscientes, desde el principio, de esta posibilidad de significado que sugiere Gaos, vamos a prestar especial atención a la formación intelectual del poeta, y a sus expresiones artísticas y críticas, en nuestro repaso de su vida y obra. Sólo así podemos entender el pleno alcance y significado de *Platero* (y la prosa posterior) para la obra de Juan Ramón y para la cultura española del siglo XX.

---

[3] Juan Ramón Jiménez, *Antología poética*, Madrid, Cátedra, 1975, pág. 43.

Vida y obra

Moguer, Madrid, Moguer (1881-1912)

Juan Ramón Jiménez nació en Moguer, en la provincia de Huelva, el 23 de diciembre de 1881. Era de una familia acomodada, propietaria de buenos viñedos y bodegas de Moguer, con barcos para la exportación de sus vinos y coñacs de marca. La prosperidad de los padres y su cariño especial para el menor de sus cuatro hijos, que era Juan Ramón, favoreció mucho la formación intelectual y artística del joven poeta: educación en una de las mejores escuelas de la región, el colegio jesuita del Puerto de Santa María (1893-1896), estudios de Derecho en la Universidad de Sevilla (1897-1899), donde mostró afición y talento para la pintura, estímulos a su primera poesía y ayuda para su publicación, viaje a Madrid a la edad de diecinueve años (1900).

De su adolescencia, escribe el poeta:

> Yo empecé a escribir a mis quince años, en 1896. Mi primer poema fue en prosa y se titulaba *Andén;* el segundo, improvisado una noche febril en que estaba leyendo las *Rimas,* de Bécquer... y lo envié inmediatamente a *El Programa,* un diario de Sevilla, donde me lo publicaron al día siguiente... Aunque yo estaba en Sevilla, para *pintar* y para *estudiar Filosofía y Letras,* me pasaba el día y la noche escribiendo y leyendo en un pupitre del Ateneo sevillano... Mis lecturas de esa época eran Bécquer, Rosalía de Castro y Curros Enríquez, en gallego los dos, cuyos poemas traducía y publicaba yo frecuentemente; Mosén Jacinto Verdaguer, en catalán, y Vicente Medina, que acababa de revelarse... De los españoles antiguos lo que más leía era el *Romancero,* que encontré en la biblioteca de mi casa, en diversas ediciones. De los de fuera leía a Víctor Hugo, Lamartine, Musset, Heine, Goethe, Schiller,

traducidos o sin traducir, ya que yo entonces estudiaba, además de francés, inglés y alemán[1].

> Un día, de nuevo en Moguer, con motivo de la publicación en *Vida Nueva* —con retrato mío y todo— de unas traducciones de Ibsen y de otro poema mío, anárquico y americanista, recibí una tarjeta postal de Villaespesa en la que me llamaba hermano y me invitaba a ir a Madrid a luchar con él por el Modernismo. Y la tarjeta venía firmada también por Rubén Darío. ¡Rubén Darío! Mi casa moguereña, blanca y verde, se llenó toda, tan grande, de estraños espejismos y ecos májicos[2]. Yo, modernista; yo, llamado a Madrid por Villaespesa con Rubén Darío; yo, dieciocho años y el mundo por delante, con una familia que alentaba mis sueños y que me permitía ir adonde yo quisiera. ¡Qué locura, qué frenesí, qué paraíso![3].

Juan Ramón llegó a Madrid en el mes de abril de 1900, fraternalmente recibido por Villaespesa, Rubén Darío, Valle-Inclán y otros. Fue animado por sus nuevos amigos a publicar sus primeros libros de poesía: *Ninfeas* (1900) y *Almas de violeta* (1900). *Y* fue iniciado, principalmente por Villaespesa, a la vida literaria, bohemia y torbellina de aquellos compañeros:

> Yo iba todos los días tres o cuatro veces a casa de Villaespesa, calle del Pez, y algunas veces a la de Rubén Darío, que estaba a la vuelta, calle del Marqués de Santa

---

1 «El siglo XX, siglo modernista», *La corriente infinita*, Madrid, Aguilar, 1961, págs. 229-230. Para mayor información y precisión sobre los primeros escritos del joven poeta, véase el estudio de Jorge Urrutia, «La prehistoria poética de Juan Ramón Jiménez: Confusiones y diferencias» en *Juan Ramón Jiménez: Poesía total y obra en marcha*, Barcelona, Anthropos, 1991, págs. 41-60.

2 «Mis' Rubén Darío», *La corriente infinita*, pág. 48. Hermoso testimonio de la admiración y amistad que siente Juan Ramón por Rubén Darío se encuentra en *Mi Rubén Darío (1900-1956)*, ed. de Antonio Sánchez Romeralo, Moguer, Fundación Juan Ramón Jiménez, 1990.

3 «El modernismo poético en España y en Hispanoamérica», *El trabajo gustoso*, México, Aguilar, 1961, pág. 223.

Ana, un piso bajo con algo de cárcel... Rubén Darío estaba casi siempre sentado en la cama, en camiseta, o escribía, quizá, de pie, sobre una cómoda, con su levita entallada y su sombrero de copa puesto. En casa de Villaespesa leíamos, cantábamos, gritábamos, discutíamos... En realidad visible, yo no sabía a esa hora, ni a ninguna otra, a qué había venido a Madrid, para qué estaba en Madrid. Escribía, eso sí, febrilmente, ordenaba mis versos y entraba en muchas imprentas, en todas las imprentas, porque Villaespesa descubría cada tarde una mejor... tomábamos un coche, lo dejábamos; comíamos, bebíamos, a cualquier hora, en cualquier sitio, cualquier cosa. Y así hasta las cuatro o las cinco de la mañana, cuando el blando gris azul del cielo de Oriente sobre la Puerta del Sol, la calle de Alcalá, la Red de San Luis me arrullaba, me endulzaba el cuerpo y el alma y me llevaba a dormir. Pero a las ocho siguiente como el primer día, Villaespesa estaba, con su sombrero de copa y su abrigo entallado, en mi casa, y otra vez el ciclón[4].

Pero la bohemia y la emoción de Madrid duraron poco. Y «cansado y aburrido», el poeta volvió a Moguer en el verano. Su temperamento, siempre delicado y nervioso, sufrió, con la muerte de su padre, un grave choque, y tuvo que pasar largas temporadas recluido y vigilado por enfermeras y médicos: parte de un año (1901) en el Sanatorio de Castel d'Andorte en Le Bouscat, Bordeaux[5]; casi dos años en el Sanatorio del Rosario, en Madrid (1901-1903), y dos años en la casa del doctor Luis Simarro (1903-1905). De especial interés para nosotros son esos casi cinco años de Madrid. Pese a su enfermedad y depresión nerviosa, Juan Ramón estaba en constante contacto con los escritores de su época. Colaboró activamente en la revista literaria *Helios* que él ayudó a fundar. En el Sanatorio del Rosario, dice,

---

[4] «Recuerdo al primer Villaespesa (1899-1901)», *La corriente infinita*, págs. 65-66.

[5] Véase la importante investigación de Ignacio Prat, *El muchacho despatriado: Juan Ramón Jiménez en Francia (1901)*, Madrid, Taurus, 1986.

> nos reuníamos durante aquellos dos años, Villaespesa otra vez, Rueda, Valle-Inclán, Gregorio Martínez Sierra, Viriato Díaz Pérez, los Machado, ya de vuelta definitiva en Madrid...[6]

Y del doctor Simarro, «su inolvidable maestro y amigo», él se acuerda años después:

> Don Luis Simarro me trataba como a un hijo. Me llevaba a ver personas agradables y venerables, Giner, Sala, Sorolla, Cossío; me llevaba libros, me leía a Voltaire, a Nietzsche, a Kant, a Wundt, a Spinoza, a Carducci. ¡No sé las veces que alejó de mi alrededor, dándome voluntad y alegría, la muerte imajinaria![7].

Gracias al estímulo de su amigo-médico, el joven poeta entra en contacto con la Institución Libre de Enseñanza, donde se hace discípulo y admirador de Francisco Giner de los Ríos. La Institución y la presencia de Simarro, Giner y Cossío ejercen una influencia decisiva en la formación intelectual del poeta.

> La Institución fue el verdadero hogar de esa fina superioridad intelectual y espiritual que yo promulgo: poca necesidad material y mucho ideal[8]. Yo no iba nunca a la Institución que no salía con un mundo lleno de cosas[9].

Asistió a conciertos, visitó museos y galerías artísticas. Absorbió el entusiasmo de Cossío por El Greco e hizo excursiones al Guadarrama y al campo de los alrededores. De esta época data su creencia en la dignidad esencial del pueblo. En la Institución

---

[6] «El modernismo poético en España y en Hispanoamérica», *El trabajo gustoso,* págs. 229-230.

[7] «Simarro», *La colina de los chopos,* Madrid, Taurus, 1966, página 173.

[8] «El modernismo poético...», *El trabajo gustoso,* pág. 225.

[9] Citado por Graciela Palau de Nemes, *Vida y obra de Juan Ramón Jiménez,* Madrid, Gredos, 1957, pág. 122.

se fraguó, antes que con la jeneración del 98, la unión entre lo popular y lo aristocrático: lo aristocrático de intemperie, no se olvide[10].

No cabe duda de que Juan Ramón resulta enormemente enriquecido intelectual y espiritualmente por su estancia en Madrid. Los recuerdos autobiográficos del poeta demuestran abundantemente hasta qué punto fue influido por corrientes nuevas e innovadoras de su tiempo—ideas y figuras de España, de Europa y de América. Para Juan Ramón, «renovación», «juventud» y «libertad interior» representan el modernismo. El modernismo no es una escuela ni una moda, sino toda una época. Y dentro de esta renovación en todos los órdenes de la vida se destaca el krausismo español como una influencia decisiva durante diez años de su juventud (1896-1905) —desde Sevilla con Federico de Castro[11], hasta Madrid, en casa del doctor Simarro y en la Institución de Giner y Cossío[12].

Hacia fines de 1905, con su «acostumbrada nostaljia de Andalucía» y afectado otra vez por su depresión nerviosa, el poeta volvió a Moguer, donde permaneció hasta 1912. El mal estado de su salud fue agravado, además, por la ruina de su casa. Desde la muerte de su

---

[10] «El modernismo poético...», *El trabajo gustoso,* pág. 225.

[11] Ricardo Gullón, *Conversaciones con Juan Ramón,* Madrid, Taurus, 1958, pág. 57. De mayor importancia que el krausismo, opina Jorge Urrutia, fue la influencia socialista de Timoteo Orbe en Juan Ramón en Sevilla. Véase el muy interesante artículo de Urrutia, «Sobre la formación ideológica del joven Juan Ramón Jiménez», *Archivo Hispalense,* 199 (1982), págs. 207-231.

[12] Para un análisis preciso e iluminador de «la lucha por el Modernismo», véase el capítulo II, «El Modernismo», de Blasco Pascual, en *La poética de Juan Ramón Jiménez,* Salamanca, Ediciones Universidad de Salamanca, 1981, págs. 72-118. Con otros criterios y una nueva perspectiva, Richard A. Cardwell nos ofrece una excelente explicación e interpretación de lo que fue el modernismo de Juan Ramón entre 1897 y 1907, el momento en que se formó el nuevo discurso de lo moderno, en «La 'genealogía' del modernismo juanramoniano», *Juan Ramón Jiménez: Poesía total y obra en marcha,* págs. 83-106.

padre, la fortuna de su familia, que estaba en litigios, fue disminuyendo considerablemente; los lagares y lagareros, y los buques de su flota se fueron perdiendo. Conviene notar también que la ruina de su familia coincide con el decaimiento de la vida económica del pueblo. Tanto el comercio de los vinos como el de la pesca fueron arruinados por el secamiento del río, «envenenado» por el cobre de las minas de Riotinto,

> la más reciente y más prometedora fuente de riqueza de la región[13],

En el «Prólogo a la nueva edición» de *Platero* (incluido en los apéndices), escribe el poeta estas palabras esclarecedoras;

> Empecé a escribir *Platero* hacia 1906, a mi vuelta a Moguer después de haber vivido dos años con el jeneroso doctor Simarro. El recuerdo de otro Moguer unido a la presencia del nuevo y mi nuevo conocimiento de campo y jente, determinó el libro. Entonces, yo iba mucho por el pueblo con mi médico Luis López Rueda y vi muchas cosas tristes.

Sensibilizado ahora por «nuevos conocimientos», Juan Ramón responde, en *Platero,* a la realidad social de su pueblo y su deterioro con una nota de protesta (muy evidente, por ejemplo, en el capítulo XCV, «El río»), y con un espíritu transformador. Este triste Moguer es soñado por el poeta y transformado, en su arte, en puro ideal, como más adelante vamos a estudiar. En cuanto a las lecturas de esta época, dice:

> En mi campo, con los simbolistas, me nutrí plenamente de los clásicos españoles..., y año tras año de aquellos siete de soledad literaria, la fusión de todo,

---

[13] Antonio Campoamor González, *Vida y poesía de Juan Ramón Jiménez,* Madrid, Ediciones Sedmay, 1976, pág. 99.

vida, libre y lectura, va determinando un estilo que culminaría y acabaría en los *Sonetos espirituales*[14].

Y de los clásicos, Juan Ramón destaca, sobre todo, a San Juan de la Cruz, a Santa Teresa, y a Fray Luis de León como aquellos que influían más en su creación de estos años[15]. Así que la formación intelectual del poeta en Madrid, su situación familiar y social de Moguer, la realidad misma de Moguer, además de influencias y lecturas literarias, todo contribuyó a la creación de su gran obra en prosa. Y hay que mencionar también que, de 1908 a 1913, Juan Ramón dio a la imprenta ocho libros de poesía, desde las *Elegías* (1908, 1909, 1910) hasta *Melancolía* (1912) y *Laberinto* (1913). En realidad, estos años de Moguer representan una época de gran actividad creadora.

Madrid (1912-1936)

En 1912 Juan Ramón volvió a Madrid y un año después, invitado por el director Alberto Jiménez Fraud, se instaló en la Residencia de Estudiantes, donde vivió hasta su matrimonio, en 1916. La Residencia fue fundada en 1909 por la Junta para Ampliación de Estudios e Investigaciones Científicas, y fue una creación más de la fecunda labor de los hombres de la Institución. El poeta estaba encantado con su nueva residencia —con su habitación, con el director de quien se hizo íntimo amigo, con todo el ambiente— como bien se ve en cartas que envía a su madre. Vuelve a entrar en contacto y en amistad con Giner y Cossío. Y en la Residencia convive con Achúcarro, Unamuno, Menéndez Pidal, Azorín, Eugenio d'Ors y José Ortega y Gasset. Son los años de su amistad con Ortega, a quien conoció antes en casa del doctor Simarro:

---

14 «El modernismo poético...», *El trabajo gustoso*, pág. 231.

15 «Recuerdo a José Ortega y Gasset», *La corriente infinita*, página 158.

> Ortega era la antorcha de los reunidos. ¡Cuantas discusiones lúcidas, y de cuántas cosas, tuvimos Ortega y yo en aquellos años de ansia! Yo colaboraba con frecuencia en *Los Lunes del Imparcial*, y mis nuevos poemas le gustaban cada vez más. Cuando se iniciaron las publicaciones de la Residencia, de las cuales yo me ocupaba con el presidente, el primer libro que dimos fue el de las *Meditaciones del Quijote,* cuya edición cuidé con el mayor esmero... Un día, Ortega y yo discutimos un homenaje a Azorín, que se llevó pronto a cabo en Aranjuez, y al que concurrimos un centenar de amigos comunes... Ortega ofreció el homenaje en la Glorieta del Niño de la Espina, y fue el justo definidor de «los primores de lo vulgar» de ese primoroso sensitivo limitado que es Azorín... [16].

> Después de casado Juan Ramón, siguió frecuentando la Residencia hasta su salida de España, en 1936. Asistía a las más variadas manifestaciones del espíritu que allí se celebraban, a las competiciones deportivas y a muchas conferencias, sobre todo a las patrocinadas por la «Sociedad de Cursos y Conferencias», de la que él y Zenobia eran socios de los llamados de cuota, cuyas aportaciones económicas, además de ayudar a sufragar los gastos ocasionados por los conferenciantes, servían para crear un fondo destinado a la concesión de becas para el extranjero que disfrutaban los estudiantes más aventajados. Y no sólo acudía Juan Ramón a la Residencia como espectador, a veces lo hacía también en calidad de protagonista, para presidir otros actos culturales o dar pequeños recitales de sus poemas[17].

Al tratarse, por tanto, de valorar estos años (1912-1936) en la vida de Juan Ramón, no se debe olvidar nunca su contacto con la Residencia y con lo mejor de la intelectualidad liberal y moderna de su tiempo[18].

---

[16] «Recuerdo a José Ortega y Gasset», *La corriente infinita,* páginas 158-159.

[17] Campoamor González, *Vida y poesía de Juan Ramón Jiménez,* páginas 134-135.

[18] Blasco Pascual ha documentado bien la «filiación de Juan Ramón con la generación del 14» y el papel de Ortega como «gran catalizador del

El año de 1916 es decisivo en la vida de Juan Ramón. Se embarcó para los Estados Unidos a fines de enero, se casó con Zenobia Camprubí Aymar en la ciudad de Nueva York el 2 de marzo, y llegó de vuelta a España el 20 de junio. Escribió al mismo tiempo su *Diario de un poeta reciencasado,* inspirado por este viaje de «tierra, mar y cielo». Su contacto con Norteamérica y sus poetas, su amor por Zenobia, y su profunda experiencia del mar contribuyeron conjuntamente a producir lo que el poeta llamaría «una visión mayor» de la realidad. El *Diario* crea un nuevo modo de expresión poética y da comienzo a toda una nueva época lírica:

> Con el *Diario* empieza el simbolismo moderno en la poesía española[19]. El *Diario* fue saludado como un segundo primer libro mío y el primero de una segunda época... Y determinó una influencia súbita y benéfica en los jóvenes españoles e hispanoamericanos... La crítica mayor y mejor está de acuerdo en que con él comenzó una nueva vida en la poesía española (un «gran incendio poético», dijo uno). En realidad, el *Diario* es mi mejor libro. Me lo trajeron unidos el amor, el alta mar, el alto cielo, el verso libre, las Américas distintas y mi largo recorrido anterior. Es un punto de *partidas*[20].

La actividad de Juan Ramón, a su vuelta de Nueva York, fue prodigiosa. En 1916 publicó *Estío;* en 1917, *Poesías Escogidas,* la primera edición completa de *Platero y yo, Sonetos Espirituales* y el *Diario de un poeta reciencasado. Y* en 1918 y 1919 publicó, respectivamente, *Eternidades* y *Piedra y Cielo,* terminando así un brillante ciclo de poesía, iniciado con el *Diario.* En 1922 publicó Juan Ramón su *Segunda Antolojía Poética,* y en 1923, dos obras más, *Poesía* y *Belleza.* A lo largo de

---

cambio que se opera en la vida y en la obra de Juan Ramón», en el capítulo III de *La poética de Juan Ramón Jiménez,* págs. 131-166. Para las afinidades entre Juan Ramón y Ortega, entre la educación «política» de éste y la «política poética» de aquél, véase el perspicaz ensayo de Cardwell, «Juan Ramón, Ortega y los intelectuales», *HR,* 53 (1985), págs. 329-350.

[19] Gullón, *Conversaciones con Juan Ramón,* pág. 93.

[20] «El modernismo poético...», *El trabajo gustoso,* págs. 231-232.

los años 20 (entre 1921 y 1927), el poeta fue proyectando y creando nuevas revistas *(Indice, Sí, Ley)* para fomentar la actividad literaria de la joven generación poética de aquellos años, o publicando su propia obra en forma de cuadernos, pliegos e incluso hojas sueltas *(Unidad, Obra en marcha, Sucesión, Presente* y *Hojas).* Al mismo tiempo, no dejó de colaborar en revistas y periódicos, sobre todo de Madrid. Sus trabajos de estos años, entre 1912 y 1936, los más fecundos de su vida, revelan la más rica variedad creadora: poesía, evocaciones, crítica, cuentos, caricaturas líricas, aforismos y traducciones. En cuanto a éstas, hay que mencionar su traducción de *La vida de Beethoven,* por Romain Rolland, su colaboración con Zenobia en la traducción del drama *Riders to the Sea,* del irlandés John M. Synge, y, sobre todo, su colaboración con Zenobia en la traducción de muchos trabajos del poeta hindú Rabindranath Tagore.

Naturalmente, la actividad prodigiosa de estos años requería una dedicación total, por parte del poeta, a su trabajo. Juan Ramón era exigente consigo mismo y con los demás. Esperaba, de sus amigos y sus vecinos, un absoluto respeto por sus condiciones de trabajo. Esta intransigencia suya le fue alejando poco a poco de los escritores de Madrid, sobre todo de los jóvenes poetas. Y existió por mucho tiempo la imagen deformada del poeta en su torre de marfil, encerrado entre paredes de corcho, protegido del mundo por su fiel y abnegada esposa. Egoísmo y narcisismo consigo mismo; soberbia y desdén hacia los demás. Son famosas sus sátiras mordaces. Pero como bien observa A. Sánchez-Barbudo:

> Probablemente no le faltaban motivos para esos desplantes, sobre todo en España. Él quiere lo alto, noble y puro; y reacciona contra la bajeza y vulgaridad, contra la mezquindad. Y además se siente herido [21].

---

[21] *La segunda época de Juan Ramón Jiménez*, Madrid, Gredos, 1962, pág. 103. Las rencillas y malentendidos de aquella época han dejado lamentablemente larga huella en la vida cultural española en

Desde luego, no habría que descontar otros factores (de hecho, la situación política internacional y nacional cambia rápidamente en la década del 20) que ayudan a explicar desde otra perspectiva tales desentendimientos. La politización de la vida cultural y artística crea una situación sumamente compleja en que debemos notar primero no sólo la colaboración de Juan Ramón con el grupo de 1914 y Ortega y Gasset, sino también sus diferencias con ellos. Más tarde, se distancia el poeta cada vez más de la vida literaria de Madrid por discrepar de cierto concepto de la poesía pura y también del concepto opuesto, el de la poesía comprometida[22]. Juan Ramón permanece siempre fiel a su herencia krausista y a su nueva estética, siempre humana, forjada en el hondo simbolismo del *Diario*.

Juan Ramón mismo, en su famoso epílogo de *Españoles de tres mundos*, capta el sentido más profundo de su soledad y aislamiento del ambiente de Madrid:

> Ambiente inadecuado, indiferente, hostil como en España, no creo que los encuentre el poeta, el filósofo, en otro país de este mundo... Que en España la ciencia haya sido y sea escasa y discontinua, concesionario el arte, se debe a la erizada dificultad que cerca a quien

---

que la vida y obra del poeta siguen siendo maltratadas. Blasco Pascual, en varios momentos de su valioso libro, *La poética de Juan Ramón Jiménez*, combate la mezquina tradición anti-juanramoniana con rigor, buena documentación y justicia. Véanse, por ejemplo, las págs. 19, 36, 43, 44 y 59. Gilbert Azam también nos da un buen resumen de este tema, prestando una atención especial a las polémicas entre Juan Ramón y Pablo Neruda. Véase su «Concepto y praxis de la política en Juan Ramón Jiménez», *CH*, núms. 376-378 (octubre-diciembre 1981), págs. 356-378. Debe consultarse también la obligada respuesta, bien documentada y justa, de Francisco H.-Pinzón, al «retrato» deformado de Juan Ramón Jiménez, emitido por el «Canal Sur», el 8 de octubre de 1992, en «Dos cartas sobre un "Retrato"», en *Cuadernos de Zenobia y Juan Ramón*, 8, Madrid, Los Libros de Fausto, 1993, páginas 72-84.

22 Coincido con las pautas establecidas por Blasco Pascual en su riguroso estudio de «la poesía pura» y «la reacción antipurista», en el capítulo IV de *La poética de Juan Ramón Jiménez*, págs. 169-201.

> quiere cultivarlos en lo profundo. Ruido, mala temperatura, grito, incomodidad, picos, necesidad de alternación política, falta de respeto, pago escaso, etc., todo contribuye a que el hombre interior español viva triste. (La tristeza que tanto se ha visto en mi obra poética nunca se ha relacionado con su motivo más verdadero: la angustia del adolescente, el joven, el hombre maduro que se siente desligado, solo, aparte en su vocación bella)[23].

Y la verdad es que si logramos elevarnos por encima de las polémicas y rencillas de aquella época veremos que, en lo fundamental, el poeta tenía razón. Su obra en prosa, ignorada o desatendida por el mundo literario de Madrid, revela claramente su interés y su preocupación por la realidad que le rodea (sea en España o en América). Conviene insistir en este aspecto todavía poco estudiado de su obra para poder comprender mejor la relación entre el escritor maduro de Madrid y el joven autor de *Platero*. En primer lugar, la prosa del *Diario* da magníficas muestras de la percepción de Juan Ramón de la realidad social. Podemos destacar sobre todo sus agudas impresiones satíricas de la gran ciudad comercial, su horror frente a una vida deshumanizada y desnaturalizada, su conciencia de la primera guerra mundial, su preocupación por los niños mutilados, víctimas de esa guerra, y su dolor frente a las muertes de Enrique y Amparo Granados, cuyo barco fue hundido cerca de la costa de Inglaterra por un submarino alemán[24]. Se destaca también lo que veía el poeta de la miseria colectiva de grupos minoritarios en Nueva York («Pesadilla de olores», poema 88):

> Es como si en un trust de malos olores, todos estos pobres que aquí viven —chinos, irlandeses, judíos,

---

[23] *Españoles de tres mundos*, edición de Ricardo Gullón, Madrid, Aguilar, 1969, págs. 225-226.

[24] Agradezco mucho esta comunicación del profesor Howard T. Young, quien me aclaró el significado del poema 81, «Humo y oro», del *Diario*.

negros—, juntasen en su sueño miserable sus pesadillas de hambre, harapo y desprecio, y ese sueño tomara vida y fuera verdugo de esta ciudad mejor.

Y su especial sensibilidad hacia el negro (en «La negra y la rosa», poema 89, y en «Alta noche», poema 118) resonará más tarde en el *Poeta en Nueva York,* de Federico García Lorca[25].

Otra vez de vuelta en Madrid, Juan Ramón mantiene vivo su interés constante por sus contemporáneos y por una España mejor. Aunque no hablaba directamente en su arte de la política, tenía conciencia de la penosa época de transición y crisis por la cual pasaba su país. Él sabía, como buen discípulo de los maestros de la Institución, que la vieja España tradicional no había desaparecido por completo y que la nueva España democrática no había triunfado todavía. Él siempre estaba del lado de una España renovada, cargada de futuro como bien lo atestiguan la prosa lírica de *La colina de los chopos* (1915-1924) y los magníficos retratos de *Españoles de tres mundos* (1914-1940). En *La colina,* en un pasaje titulado «Actualidad y futuro», hay una observación que se refiere probablemente al proyecto frustrado de otro libro, pero que capta bien el carácter de esta obra:

> En este libro tengo nostaljia del Madrid de Carlos III, del Madrid que creo debe incorporarse al hoy y al mañana, que es actualidad y es futuro. Y todo esto naturalmente, con lo eterno: el paisaje, la luz, el color y el sentimiento. En este libro quiero dejar en pie al Madrid eterno, lo bueno y bello de antes y de hoy... y un poco de lo de mañana[26].

Esta evocación del Madrid de Carlos III, de los orígenes de la España moderna, nos da la clave para entender la visión de esta obra. Es un libro de contrastes,

---

[25] R. Gullón, *La invención del 98 y otros ensayos,* Madrid, Gredos, 1969, pág. 48.
[26] «Actualidad y futuro», *La colina de los chopos,* pág. 64.

entre un «Madrid posible e imposible», entre una tradición estéril y un pasado que tiene futuro. Hay conciencia de la fealdad y suciedad de los arrabales de Madrid:

> En la mañana vacilante de marzo, es más evidente y más agria la miseria del alrededor, la «impureza del campamento» madrileño[27].

También hay descripciones de tipos sociales del pueblo, humillados y patéticos, por la pobreza del mundo en que están condenados a vivir. En el pasaje siguiente se describe la salida de la gente después de la «Música en el Retiro»:

> Y entre el polvo de los paseos, aun tras las sucias hojas lacias el tercero, alto decisivo bombardeo de la banda, un jentío confuso vuelve ya, como de una derrota, como en una trapajosa riada; esta jente de los jueves y domingos de Madrid, estrafalaria, corriente y triste[28].

Pero también hay otra visión, de un Madrid posible, ideal, transformado y bañado por el cielo y el mar imaginario de Castilla. En realidad, en *La colina,* la melancolía y tristeza de su poesía anterior desaparece; hay, por el contrario, una sensación de bienestar, de gozo, un volver a tomar contacto con el mundo edénico:

> Subimos abrazados a una ancha torre, a tomar el aire del anochecer de la primavera que venía. Castilla paradisíaca y definitiva se perdía en el ocaso, en serio, dichoso, inmenso oleaje de lomas grises, violetas, azules[29].

Y al proyectar un fantástico mundo sobre el ocaso, en este bello sueño de un mundo mejor, no faltan el recuerdo y la huella del venerable maestro:

---

[27] «Guadarrama», *La colina de los chopos,* pág. 107.
[28] *La colina de los chopos,* pág. 39.
[29] «Figuración», *La colina de los chopos,* pág. 47.

> Don Francisco Giner había pedido que El Escorial fuera la Universidad Central, la Ciudad Universitaria Española como Oxford lo es de Inglaterra. Y así como en Oxford hombres de valía han vijilado el gótico lójico, hombres intelijentes españoles hubieran vejado por el renacimiento herreriano... Uno piensa en lo que hubiera podido ser una jeneración de estudiantes en la Universidad de El Escorial, con una residencia digna, una presencia de hombres como Giner, como Cossío, con el complemento que la tradición y el paisaje, pensados y sentidos, habría puesto en su formación. Estudiantes mejores, mejor Universidad, no la habría en el mundo. Qué otoño, qué invierno, qué primavera —y qué lucero de verano— para el estudiante español[30].

Estos sueños representan la prolongación hacia el futuro de la España de Carlos III. La educación, la reforma, y la modernización dentro de una tradición digna constituyen el camino hacia un futuro mejor y permiten «la incorporación del ayer al hoy y al mañana».

Esta preocupación por una España mejor es lo que motiva, en parte, las «caricaturas líricas» de *Españoles de tres mundos*. La selección de figuras cuyas cualidades inspiran la admiración del autor responden a un modo especial de entender el heroísmo.

> Llamé héroes a los españoles que en España se dedican más o menos decididamente a disciplinas estéticas o científicas[31].

Héroes son aquellos que han contribuido

> a la vida de España, hacia adelante, desde Carlos III hasta nosotros[32]:

desde Goya hasta Antonio Machado, hombres y mujeres «de fuego y sentimiento», cuya pasión por su obra ha

---

30 «El Escorial», *La colina de los chopos*, págs. 87-88.
31 *Españoles de tres mundos*, pág. 225.
32 *Españoles de tres mundos*, pág. 62.

dejado semillas en España. En realidad, *Españoles de tres mundos* es una síntesis de los ideales y valores de su autor, en solidaridad con lo mejor de una España liberal y moderna: lo mejor del romanticismo español (Larra, Espronceda, y después, Bécquer); lo mejor de una tradición republicana (Pi y Margall y Salmerón); lo mejor del krausismo español (Francisco Giner, Manuel B. Cossío, Alberto Jiménez Fraud); lo mejor de una tradición científica moderna (Ramón Menéndez Pidal, Santiago Ramón y Cajal); lo mejor de una tradición poética moderna (Martí, Darío, A. Machado, Alberti, Lorca), etc.

Notamos que en algunos retratos el estilo de «la caricatura» (con toques de humor, crítica o burla) cede a uno más elevado, más noble y reverente. En estos casos, la caricatura se convierte más bien en homenaje, mientras la intención artística se concentra en expresar la nobleza, la dignidad y la tragedia del individuo. Estos magníficos momentos ocurren cuando «el héroe» representa una colectividad, cuando «el héroe» se convierte en símbolo de su pueblo. Veamos brevemente los casos de Rosalía de Castro, José Martí y Antonio Machado.

La calidad humana y espiritual de Rosalía con su corazón del tamaño de Galicia capta todo el dolor y pobreza y miseria de su país. ¡Qué bien comprende y siente Juan Ramón esa Galicia negra de lluvia y muerte, prolongación de una sociedad rural y arcaica! Y cómo entiende el poeta la absoluta desesperación de quien se siente prisionera de los moldes de vida y muerte de otros tiempos:

> Rosalía de Castro, lírica gallega trájica, desesperó, lloró, sollozó siempre, negra de ropa y pena, olvidada de cuerpo, dorada de alma en su pozo propio. ¡Desconsolación de hermosa alma acorralada, aislada, enterrada en vida! La rodean rebaños humanos que son como rebaños no humanos... Toda Galicia es un mojado manicomio, donde se tiene encerrada ella misma. Galicia, cárcel de ventanas en condenación de agua, niebla, llanto, por las que Rosalía ve sólo fondos cálidos de su alma[33].

---

[33] *Españoles de tres mundos*, pág. 90.

Por aquí no ha pasado la España de Carlos III en absoluto. No hay futuro, sólo pobreza y soledad perpetuadas por siglos.

Hay ocasiones en que el individuo llega a identificarse no solamente con el pueblo, sino con las aspiraciones de todo un país. Tal es el caso de José Martí, por quien el poeta siente la más alta admiración. Observamos primero que el caso de Martí le permite revelar su posición frente a la situación colonial de Cuba. Distingue claramente entre una España justa y consciente, y una España mala e inconsciente:

> Hasta Cuba, no me había dado cuenta exacta de José Martí... Y por esta Cuba verde, azul y gris, de sol, agua o ciclón, palmera en soledad abierta o en apretado oasis, arena clara, pobres pinillos, llano, viento, manigua, valle, colina, brisa, bahía o monte tan llenos todos del Martí sucesivo, he encontrado al Martí de los libros suyos y de los libros sobre él. Miguel de Unamuno y Rubén Darío habían hecho mucho por Martí, porque España conociera mejor a Martí (su Martí, ya que el Martí contrario a una mala España inconsciente era el hermano de los españoles contrarios a esa España contraria a Martí)[34].

Y Juan Ramón termina su homenaje expresando su absoluta solidaridad con la justicia de la causa del gran cubano:

> Hay que escribir, cubanos, el *Cantar* o el *Romancero de José Martí,* héroe más que ninguno de la vida y la muerte, ya que defendía «esquisitamente», con su vida superior de poeta que se inmolaba, su tierra, su mujer y su pueblo. La bala que lo mató era para él, quién lo duda, y «por eso». Venía, como todas las balas injustas, de muchas partes feas y de muchos siglos bajos, y poco español y poco cubano no tuvieron en ella, aun sin quererlo, un átomo inconsciente de plomo. Yo, por fortuna mía, no siento que estuviera nunca en mí ese

---

[34] *Españoles de tres mundos,* págs. 93-94.

átomo que, no correspondiéndome, entró en él. Sentí siempre por él y por lo que él sentía lo que se siente en la luz, bajo el árbol, junto al agua y con la flor, considerados, comprendidos[35].

Inolvidables son las páginas que dedica Juan Ramón a Antonio Machado, del segundo retrato, escrito poco después de recibir noticias de la muerte de éste, el 27 de febrero de 1939, en exilio, en el sur de Francia. Machado, en aquellos momentos trágicos de la vida española, representa, para el autor de *Platero,* lo mejor de la tradición popular y democrática de su país. Tan profundamente identificado con su pueblo, llega a ser el más alto representante de ese gran rebaño de humanidad perseguida:

> Murió del todo en figura, humilde, miserable, colectivamente, res mayor de un rebaño humano perseguido, echado de España, donde tenía todo él, como Antonio Machado, sus palomares, sus majadas de amor, por la puerta falsa. Pasó así los montes altos de la frontera helada, porque sus mejores amigos, los más pobres y más dignos, los pasaron así[36].

La grandeza del espíritu y significado de Antonio Machado también evoca, para Juan Ramón, a otros caídos, los mejores, los más vitales, los que dejan semillas para el futuro:

---

[35] *Españoles de tres mundos,* pág. 96. Merece la pena notar también que Juan Ramón insiste, en otro lugar, en su fuerte oposición a esta guerra injusta: «La política ignorante y fácil de algunos españoles, entonces en el candelero del mando, desvió de España y de la cultura española la ilusión de muchos buenos hispanoamericanos, y la guerra de Cuba removió el encono entre los poco comprensivos de los dos lados. Porque, en España, muchos éramos partidarios de la independencia cubana y protestábamos de la guerra con Cuba, con todo el fuego de nuestra sangre», «El modernismo poético...», *El trabajo gustoso,* pág. 226.

[36] *Españoles de tres mundos,* pág. 326. Véase mi análisis de este texto, «Juan Ramón Jiménez´s Second Portrait of Antonio Machado» MLN, 80 (1965), págs. 265-270.

> En la eternidad de esta mala guerra de España, que tuvo comunicada a España de modo grande y terrible con la otra eternidad, Antonio Machado, con Miguel de Unamuno y Federico García Lorca, tan vivos de la muerte los tres, cada uno a su manera, se han ido, de diversa manera lamentable y hermosa también, a mirarle a Dios la cara. Grande de ver sería cómo da la cara de Dios, sol o luna principales, en las caras de los tres caídos, más afortunados quizá que los otros, y cómo ellos le están viendo la cara a Dios[37].

En su gran prosa de estos años, es patente la fidelidad de Juan Ramón a la mejor tradición liberal y progresista de su tiempo. Como Giner y como Cossío, tenía aguda conciencia de la época histórica en que vivía. Comprendía la necesaria e inevitable caída de viejos sistemas sociales y veía con esperanza los comienzos inciertos de una nueva época. Y, como sus maestros también, valora altamente a su pueblo y a aquellos que se identifican con sus pueblos, en su miseria y en su lucha por esa nueva época.

América (1936-1958)

No debe extrañarnos, entonces, la actitud de Juan Ramón, al salir de su país, en exilio voluntario, en agosto de 1936. Poco después de llegar a los Estados Unidos, hizo declaraciones, manifestando su simpatía por el gobierno de la República, «democrática y legal» —lo cual es reconocido públicamente por Antonio Machado en la prensa de Valencia, quien agradece las «nobles palabras» de su gran compatriota y antiguo amigo[38]. Dos meses después, entrevistado en Puerto Rico, Juan Ramón vuelve a expresar su adhesión a la República:

> Yo no soy político. Soy un poeta; pero mis simpatías están con las personas que representan la cultura, el

[37] *Españoles de tres mundos*, pág. 327.
[38] Véase «Voces de calidad», en *Relaciones entre Antonio Machado y Juan Ramón Jiménez*, Università di Pisa, 1964, págs. 69-71, de Ricardo Gullón.

> espíritu español, que son las que trajeron a España la República... El Gobierno que existía cuando he salido de España tenía derecho a gobernar y ser respetado y ayudado. Era un Gobierno votado legalmente por la voluntad popular en las urnas electorales[39].

Y hay que mencionar también que antes de su embarco para América, el poeta declinó una importante posición en el Gobierno republicano, que le ofreció personalmente Manuel Azaña, pero sí acordó aceptar el puesto de agregado cultural honorario en la embajada de España en Washington D. C.[40].

De su larga estancia en las Américas, los últimos veintidós años de su vida, resumamos esquemáticamente primero su residencia en los diferentes países: unas semanas de septiembre de 1936 en los Estados Unidos, y después una breve estancia en Puerto Rico; un poco más de dos años en Cuba, desde finales de noviembre de 1936 hasta enero de 1939; tres años en Coral Gables, Florida, de enero de 1939 a octubre de 1942, donde dicta cursos en la Universidad de Miami; nueve años, de noviembre de 1942 a noviembre de 1951, con algunas interrupciones, en las proximidades (College Park, Riverdale) de Washington D. C., donde tanto Zenobia como Juan Ramón enseñaban por algún tiempo en la Universidad de Maryland; y los últimos siete años de su vida en Puerto Rico, donde fue profesor en la Universidad de Puerto Rico en Río Piedras. El 25 de octubre de 1956 le fue otorgado a Juan Ramón Jiménez el premio Nobel de Literatura. Tres días después, el 28 de octubre, murió Zenobia. Juan Ramón la siguió, un año y medio después, el 29 de mayo de 1958.

---

[39] Campoamor González, *Vida y poesía de Juan Ramón Jiménez*, página 229.

[40] H. T. Young señala claramente el vivo compromiso del poeta con el gobierno de la República, su conciencia de los acontecimientos políticos y su deseo de contribuir lo que pudiera a la causa de los aliados en la segunda guerra mundial. Véase su «Introducción: Juan Ramón Jiménez (1881-1958); A Perspective», *Studies in Twentieth-Century Literature*, vol. 7 (1983), págs. 107-113.

De estos veintidós años en las Américas, tan llenos de triunfo y tragedia para el poeta de Moguer, hay que destacar, sobre todo, sus estancias en Puerto Rico y Cuba[41], y su visita de tres meses a Argentina en 1948. Su presencia y sus conferencias despertaron gran interés y contribuyeron mucho a estimular y renovar el panorama poético de cada país. Al leer su conferencia *Política poética* en el paraninfo de la Universidad de Puerto Rico en octubre de 1936, recibió una magnífica acogida por los asistentes y fue animado a seguir actuando en público a partir de ese momento. Manifestó conocer la obra de los poetas puertorriqueños Palés Matos, Lloréns Torres y Evaristo Rivera Chevremont. Se puso en contacto con los poetas jóvenes, con los estudiantes universitarios, y con los niños de las escuelas. Por iniciativa de Juan Ramón, se instituyó la Fiesta por la Poesía y el Niño de Puerto Rico, con los propósitos de adquirir libros bellos para los niños de las escuelas rurales, de premiar y repartir entre ellos la mejor colección general de poesía popular y culta, y de suscitar, en lo posible, un florecimiento del arte popular puertorriqueño.

A su vuelta a Puerto Rico, en 1951, el poeta pasó por varias épocas fecundas de intenso trabajo. De las *Conversaciones con Juan Ramón,* de Ricardo Gullón, vemos el interés del poeta en sus clases (sobre todo su curso sobre el Modernismo), y en los estudiantes, especialmente los estudiantes pobres con talento que merecían apoyo. A veces, incluso, se dirigía al rector para pedir ayuda económica en casos excepcionales. Vemos también otros proyectos suyos para enriquecer el ambiente universitario: mejorar la calidad de la revista *Universidad,* ocuparse de la antología de poetas puertorriqueños y alentar a los jóvenes poetas, y recomendar al rector que

> se escribiera una *Historia crítica de la literatura puertorriqueña,* pues es necesario valorar lo existente en

---

[41] Véase la presentación de Arcadio Díaz Quiñones en *Isla de la simpatía,* Río Piedras, Ediciones Huracán, 1981, págs. 13-29.

> las letras del país, único medio para lograr que quienes vengan detrás tengan conciencia de su situación y de su mundo[42].

Cuando pensamos que una de las mayores preocupaciones y penas del poeta en esta época fue el no poder corregir y terminar su obra, este interés suyo en la vida cultural de Puerto Rico es conmovedor[43]. Juan Ramón no tenía tiempo para atender a su propio trabajo, y, sin embargo, siempre estaba dispuesto a hacer lo que podía por el mejoramiento de la Universidad, la cultura y la juventud puertorriqueñas.

En noviembre de 1936, Juan Ramón fue invitado a Cuba por la Institución Hispanocubana de Cultura, cuyo presidente era Fernando Ortiz. Su presencia en Cuba, y su interés por la poesía y cultura cubanas, como antes por las de Puerto Rico, fue motivo de un intercambio muy fecundo, que benefició tanto al español como a los cubanos. Muy interesantes son las observaciones del pintor español, Hipólito Hidalgo de Caviedes recordando sus contactos con el poeta moguereño en La Habana:

> Curado de esa especie de alergia que, antes, se dice que sufría en presencia de otros escritores, Juan Ramón era amigo de lo más joven y más vigente de la poesía antillana: frecuentaba a Mariano Brull; reunía en torno suyo a Emilio Ballagas, Ramón Guirao, Eugenio Florit, Lezama Lima, el padre Gaztelu, Serafina Núñez. Vivía en un hotel del Vedado, y allí lo vi yo, a veces, trabajando en camisa, con las cuartillas extendidas sobre la cama y respirando a pulmón lleno el aire teñido de azul que venía del mar[44]. También trató Juan Ramón a otros poetas jóvenes: Cintio Vitier, Fina García Marruz,

---

[42] *Conversaciones*, págs. 135-136.

[43] Hay que mencionar que Zenobia era puertorriqueña por el lado de su madre, lo cual explica también, en parte, el hondo cariño que sentía el matrimonio hacia la hermosa isla.

[44] «Juan Ramón en América», *ABC*, Madrid, 10 de febrero de 1963. Citado por Campoamor González, *Vida y poesía de Juan Ramón Jiménez*, pág. 233.

Gastón Baquero, Nicolás Guillén... Eran los días en que el poeta leía en la Hora de la Radio de la Dirección de Cultura, del Ministerio de Educación, y en el Teatro de la Comedia, por encargo de la Institución Hispanocubana de Cultura, las cuartillas que tituló *Ciego ante ciegos, y* aquellas primorosas historias de su conferencia *El trabajo gustoso*[45].

Y, efectivamente, al encontrarse en América se produjo en Juan Ramón un cambio notable. Poco después de su estancia en Cuba, en una carta a Enrique Díez Canedo, el 6 de agosto de 1943, escribe:

> Desde estas Américas empecé a verme, y a ver lo demás, y a los demás, en los días de España; desde fuera y lejos, en el mismo tiempo y el mismo espacio. Se produjo en mí un cambio profundo, algo parecido al que tuve cuando vine en 1916[46].

Profesor, conferenciante, figura pública, poeta celebrado, se adaptó bien al papel que le imponían las circunstancias de un medio nuevo y estimulante. A través de sus cartas y conferencias, y de testimonios fidedignos de otros, nos formamos una imagen de una persona comunicativa y cordial. El antiguo egoísmo y agresividad de Madrid cede a una nueva generosidad y una modestia desacostumbrada.

El viaje del poeta andaluz a Argentina en 1948 representa, sin duda alguna, uno de los mayores triunfos públicos de toda su vida. Pocas veces un poeta español ha sido tan calurosamente recibido, celebrado y honrado por un país latinoamericano. Invitado por la sociedad *Anales de Buenos Aires,* Juan Ramón ofreció al público de Buenos Aires

---

[45] Campoamor González, pág. 233. Para la importancia de Juan Ramón en la poesía cubana en esta época, véanse las «Conversaciones con Cintio Vitier» de Arcadio Díaz Quiñones, en su *Cintio Vitier: La memoria integradora,* San Juan P. R., Ed. Sin Nombre, 1987, páginas 85-109.

[46] Enrique Díez-Canedo, *Juan Ramón Jiménez en su Obra,* México, Fondo de Cultura Económica, 1944, pág. 138.

un ciclo de cuatro conferencias: «Límite del progreso», «Aristocracia de intemperie», «El trabajo gustoso» y «La razón heroica». Tanto éxito tuvo con estas lecturas públicas, que pronto le llegaron invitaciones de otras sociedades y otros círculos culturales. Pronunció conferencias no sólo en Buenos Aires, sino en las provincias de Córdoba, La Plata, Rosario, Santa Fe y Paraná. También se vio obligado a trasladarse por unos días a Montevideo para asistir a varios actos celebrados en su honor, incluyendo un homenaje especial que le hizo Juana de Ibarbourou.

> Pero nada dejó más grato recuerdo, ni nada satisfizo tanto a Juan Ramón, como los trabajos y las acuarelas y dibujos sobre Platero que los niños de las escuelas argentinas le fueron regalando en su visita a distintos centros de enseñanza. A su regreso a Maryland, Juan Ramón se llevó consigo esas pequeñas obras maestras y con ellas adornó las paredes de su casa[47].

El tema del niño es un tema constante en la vida y obra de Juan Ramón, desde los niños de Moguer, inmortalizados en *Platero,* hasta los niños de Puerto Rico y Argentina. A lo largo de su vida, no sólo mantuvo su gran simpatía por ellos, sino que se preocupó mucho por su bienestar material y cultural. Conviene hacer mención especial de la preocupación del poeta por los niños, víctimas de la guerra (la primera guerra mundial, la guerra española de 1936-1939, y la segunda guerra mundial), una preocupación reflejada en su obra y en su conducta social. En colaboración con la Junta para Protección de Menores, Juan Ramón y Zenobia vigilaron el cuidado y alojamiento de doce niños huérfanos que habían quedado sin hogar como consecuencia del conflicto social en España. Aun fuera de España, en Nueva York y en La Habana, el poeta y su esposa hicieron una campaña para recoger fondos, alimentos y medicinas para sus niños en España.

---

[47] Campoamor González, pág. 260.

Pero esta nueva energía del poeta en América para dedicarse a los demás no fue constante. No pudo ser por el abatimiento físico y psicológico que minó su salud en muchas ocasiones. Hubo épocas lamentables de enfermedades, tristeza y depresión nerviosa: primero el dolor sufrido por la guerra en España y después la segunda guerra mundial («Es tan grande la pena total del mundo»); en 1942, la tristeza de las noticias que le llegan de España de las muertes de varios familiares incluyendo a su hermano Eustaquio; después de su vuelta de Argentina, en 1950, una prolongada y aguda depresión, que recurre intermitentemente a lo largo de los años 50; y, finalmente, el dolor inconsolable de la muerte de su inseparable y dedicada compañera de toda la vida. Y corre como hilo ininterrumpido a través de todos sus escritos (poesía, prosa, conferencias y conversaciones) de este largo periodo de exilio, su constante amor por España, su nostalgia de Andalucía, y su dolor por la pérdida de su idioma. Para el poeta, naturalmente, el lenguaje es un organismo vivo que sólo puede existir en su medio, con raíces en la tierra y en la gente. Vivir separado de España es perder contacto con el español hablado y vivido, es perder lo absolutamente esencial para ser poeta. En un comentario que capta intensamente su sentido de exilio, relata Juan Ramón poéticamente el doloroso precio pagado por su libertad:

> España de Europa me da en cuerpo y alma mi paraje, mi luz, mi lengua y me quita mi libertad. América me da mi libertad y me quita el alma de mi lengua, el alma de mi luz y el alma de mi paraje. Soy en América, tan hermosa, un cuerpo bastante vivo, un alma en pena, un ausente (en la naturaleza particular) de mí mismo. ¿No tiene solución de espacio en este mundo el poeta enamorado, el chopo español con la raíz al aire?[48].

---

[48] Encontrado entre los papeles de don Francisco H.-Pinzón Jiménez, incluido entre el material extraído de *Universidad de La Habana,* año VI, núms. 36-37, mayo-agosto 1941.

Separado permanentemente de la tierra de su mejor inspiración lírica, el poeta experimentó en América una disminución en su producción literaria y creadora. Al enumerar sus obras publicadas durante esta época —*En el otro costado* (1936-1942), que incluye los tres fragmentos del poema en prosa, *Espacio, Españoles de tres mundos* (1942), *Voces de mi copla* (1945), *La estación total* (1946), *Animal de fondo* (1949), que es la parte principal del trabajo titulado *Dios deseado y deseante, Una colina meridiana* (1942-1950), y *Ríos que se van* (1951-1953)—, notamos entre ellas tres obras fundamentales: *La estación total* (escrita entre 1923 y 1936) y *Animal de fondo,* en verso, y *Españoles de tres mundos,* en prosa (escrito entre 1914 y 1940). Solamente *Animal de fondo* pertenece enteramente a la época después de 1936. Las circunstancias de su creación son altamente reveladoras. El autor mismo nos indica que su gran obra resultó del contacto con el mar («Mis épocas mejores —*Diario de un poeta* y *Animal de fondo*— salieron del mar»)[49] y con el español de Andalucía que él encontró en Argentina:

> El milagro de mi español lo obró la República Argentina... Cuando llegamos al puerto de Buenos Aires y oí gritar mi nombre, ¡Juan Ramón, Juan Ramón!, a un grupo de muchachas y muchachos, me sentí español, español renacido, revivido, salido de la tierra del desterrado, desenterrado... ¡El grito, la lengua española... Y tan andaluz, lo más español para mí de España, ocho siglos de cultivo oriental, Andalucía...![50].

La receptividad del poeta español a sus nuevas experiencias en América es fecunda y admirable, pero nunca deja de manifestar, ni en su poesía lírica, ni en su prosa creadora, ni en sus conferencias y crítica, la estampa del país y la región de su origen. La visión y la sensibilidad del «Andaluz Universal» está en todas partes. Moguer y la

---

[49] «Respuesta a una entrevista», *La corriente infinita,* pág. 250.
[50] «Epílogo de 1948», *La corriente infinita,* págs. 306-307.

formación intelectual con Simarro, Giner y Cossío constituyen una influencia decisiva y permanente. Se puede ver hasta en las ideas expresadas por el poeta, en Estados Unidos, Argentina y Puerto Rico, cuarenta años después de su formación juvenil. De especial interés, para nosotros, son «El trabajo gustoso», «Aristocracia y democracia» y «La razón heroica», conferencias las dos primeras pronunciadas en 1939, y esta última, en Argentina, en 1948. Son marcadas por el lirismo y el idealismo característico del poeta, sobre todo cuando nos habla de su gran respeto por el pueblo español y de su innata «aristocracia» y creatividad:

> Las expresiones poéticas más bellamente delicadas se las he oído a hombres toscos del campo, y con nadie he gozado más hablando que con ellos o sus mujeres y sus hijos... Todos hemos nacido del pueblo, de la naturaleza, y todos llevamos dentro esa gran poesía orijinal, paradisíaca, que es natural unión, nuestro comunismo... Levantando la poesía del pueblo se habrá diseminado la mejor semilla social política[51].

Pese al idealismo y al elevado tono lírico de estas conferencias, existe también la conciencia de aquél que vive en la sombra de «universal guerra civil». El amor fraterno, la comprensión mutua, el trabajo gustoso de la vocación son los valores insistentemente exaltados por el poeta. Su «política poética» no excluye una honda preocupación por la paz y la justicia:

> El poeta no ha olvidado nunca que lo peor verdadero es la injusticia, el hambre, la miseria por un lado, y por otro, la populachería, el odio y el crimen[52].

Exalta también las virtudes de la democracia, pero con conciencia de sus imperfecciones y su «ambigüedad».

---

[51] «El trabajo gustoso», *El trabajo gustoso,* págs. 30-31.
[52] «Aristocracia y democracia», *El trabajo gustoso,* pág. 79.

> Yo, mejor que demócrata, quiero ser hermano del pueblo, hermano del pueblo en esperanzado estado de tránsito... ayudar a integrar una sociedad mejor[53].

Existen en él grados sorprendentes de conciencia histórica dentro del marco internacional de la época —conciencia parcial de clases (aristocracia tradicional, burguesía y pueblo), conciencia de explotación, conciencia de que el imperialismo está acabando y tiene que ser superado por un nuevo orden, conciencia que

> estamos entrando, hace medio siglo, con dinamismo urjente, en una nueva época[54].

Y esta época nueva, para Juan Ramón, no cabe ninguna duda, dará al pueblo y a los sectores laboriosos un puesto digno y honorable en la historia[55].

Juan Ramón Jiménez, profesor además de poeta, mantiene vivo el idealismo progresista de Francisco Giner. A lo largo de su vida y obra, constan, como herencia de la ardiente misión pedagógica de su maestro, honda fe en el valor de la educación, entrañable amor hacia los niños y la juventud, y viva simpatía por el pueblo y su derecho a la cultura y a una vida mejor.

---

53 *Ibid.*, pág. 80.

54 «La razón heroica», *El trabajo gustoso*, pág. 140.

55 Para una aclaración de «la contradicción aparente entre un Juan Ramón comprometido políticamente como ciudadano y más distante como poeta», véase el valioso artículo de Azam, «Concepto y praxis de la política en Juan Ramón Jiménez», *CH*, págs. 356-378.

Platero y yo

Introducción

El autor nos relata en el borrador (incluido en el apéndice I de esta edición) que

> empecé a escribir "Platero" hacia 1906, a mi vuelta a Moguer después de haber vivido dos años con el jeneroso Doctor Simarro.

En vista de estos dos años en casa de Simarro y tres, por lo menos, en contacto con los hombres de la Institución Libre de Enseñanza, conviene comenzar nuestro estudio teniendo en cuenta esta estancia del poeta en Madrid, decisiva, como hemos dicho, en su formación intelectual. Ya hemos notado la importancia de Francisco Giner en la vida de Juan Ramón, pero ahora hay que insistir más en la influencia del maestro:

> Francisco Giner, el hombre más completo que he conocido en España, que traté tanto por bondad suya[1],

es una constante presencia en la obra en prosa del poeta, en sus caricaturas líricas, en sus evocaciones y conferencias, en sus homenajes y dedicaciones, y en sus recuerdos inéditos[2]. Y resulta especialmente conmovedor descubrir el profundo cariño que Giner le tenía a *Platero* desde el principio. Seguramente el maestro encontró ecos

---

[1] «Aristocracia y democracia», *El trabajo gustoso*, págs. 69-70.

[2] Agradezco mucho a don Francisco H. Pinzón Jiménez el envío de varios manuscritos inéditos de Juan Ramón que testimonian esta admiración por Giner.

y huellas de su «pedagogía» allí. En el borrador (incluido en el apéndice II), leemos:

> Don Francisco fue uno de los primeros buenos amigos de mi burrito de plata. Y si el librillo caminó tan bien, fue porque él sacó a Platero por el ronzal hasta la puerta de la vida. La última vez que fui a ver a don Francisco vivo, ya en cama definitiva y débil hacia abajo, el fondo, tenía sobre su cómoda un montón de ejemplares [de *Platero*] que, me dijo Cossío, había mandado y mandaba aún, enero, aquel año a algunos amigos lejanos, como regalo de Navidad y Año Nuevo.

En «Un andaluz de fuego (Elegía a la muerte de un hombre)», en memoria de Francisco Giner, el autor de *Platero* nos da quizá el testimonio más elocuente de la influencia transformadora de su maestro:

> La pedagojía era en Francisco Giner la espresión natural de su poesía lírica íntima... ¡Y cómo la profesaba, la no escribía, la vivía Francisco Giner! Verlo entre los niños, con los desgraciados, los enfermos, los ladistas del camino mayor en suma, era presenciar el orden natural de la belleza: el correr de un agua, el brotar de un árbol, el revolear de un pájaro... Quien llegaba a él salía mejorado en algo y contento del todo... Yo no me eduqué, no fui discípulo infantil de Francisco Giner, como algunos han escrito, en la Institución Libre. Lo conocí a mis 21 años. Y aprendí entonces en él, en su acción de educar a los niños, parte de lo mejor de mi poesía, presencié en el jardín, en el comedor, en la clase, el bello espectáculo poético de su pedagojía íntima, un fruto ya sin árbol, maduro y lleno de semilla. La realización no imajinativa, personal de la poesía: en el amor, en la relijión, en la educación. Un buen empleo para poetas porque encontrarán en su desempeño inspiración principio y utilidad fin [*sic*][3].

---

[3] *El andarín de su órbita*, Madrid, Magisterio Español, 1974, páginas 84-85.

Este pasaje constituye la mejor introducción a *Platero y yo*. Porque, ¿no son el amor, la bondad y la ternura, del amo y el burrito, hacia los niños, junto con los desgraciados y los enfermos, las cualidades que más exactamente caracterizan la conducta de aquéllos? La educación de Platero, en el más puro amor y moral cristianos, guiándole en su camino de perfección, es el tema más importante de la obra. *Platero,* en realidad, es un bello ejemplo de la «pedagojía íntima» de don Francisco Giner. Más adelante estudiaremos estos aspectos importantes de la obra, pero situemos primero a *Platero* dentro de la tradición literaria e intelectual a que pertenece.

El poema en prosa en España

El poema en prosa (y la prosa artística en general) en España es un campo poco estudiado. Nosotros aquí no podemos hacer más que indicar muy brevemente algunos caminos importantes para el estudioso interesado en el tema. En primer lugar, habría que destacar, como hace G. Díaz-Plaja en el primer estudio general emprendido sobre el asunto[4], la influencia francesa del siglo XIX[5], la prosa artística del romanticismo español (sobre todo la de Bécquer) y las grandes aportaciones a la renovación del lenguaje y del espíritu de dos latinoamericanos: Rubén Darío y José Martí.

---

[4] *El poema en prosa en España: Estudio crítico y antología,* Barcelona, Gustavo Gili, 1956. Nuevas e interesantes perspectivas sobre este género pueden encontrarse en los siguientes estudios: Jorge Urrutia, «Sobre la práctica prosística de Juan Ramón Jiménez y sobre el género de *Platero y yo*», *CH,* núms. 376-378 (octubre-diciembre 1981), págs. 716-730; Robert Louis Sheehan, «El "Género Platero" de Juan Ramón Jiménez», *op. cit.,* págs. 731-743; y la «Introducción», de Richard A. Cardwell en su edición de *Platero y yo,* Madrid, Espasa-Calpe, 1988, págs. 40-43.

[5] Véanse las observaciones de R. Gullón en su edición de *Españoles de tres mundos,* Madrid, Aguilar, 1969, donde dedica algunas páginas sugestivas a trazar las posibles influencias y afinidades entre la obra en prosa de Baudelaire, Rimbaud y Mallarmé, y la de Juan Ramón en sus diferentes etapas.

El cultivo de la prosa con intención artística en España es una rica manifestación más del modernismo literario. Podemos observar y hacer constar que desde Bécquer hasta Rubén Darío y Juan Ramón Jiménez la conciencia artística con que la prosa se moldea es cada vez mayor.

> La prosa literaria española se caracteriza desde el Modernismo por la lucha contra el *cliché,* por la exigencia de dotar a la prosa de la misma virginidad expresiva, la misma novedad combinatoria que se exige para el verso[6].

Dentro de la obra de Juan Ramón, conviene recordar que *Platero* no es el comienzo, sino la culminación de la obra en prosa de la primera época, que pasa por tres etapas precisas: *Primeras prosas, Baladas para después* y *Platero y yo.* La evolución pasa del sentimentalismo lloroso y excesivo del romántico en el primer momento a un mayor dominio del lenguaje expresivo en el segundo, pero con fuertes influencias del simbolismo francés, a una madurez artística en el tercer momento, fruto de un largo proceso de depuración. *Platero,* como *Sonetos espirituales* en el verso, pone fin a la primera época de la creación literaria del poeta de Moguer. Pero no solamente clausura esta primera época, sino que anticipa brillantemente toda la mejor creación en prosa que viene después; o sea, en *Platero,* encontramos los comienzos de casi todas las formas expresivas que caracterizan la gran prosa de la segunda época,

Al tratar de caracterizar esta prosa, y al mismo tiempo indicar las aportaciones que hace Juan Ramón, desde *Platero* hasta *Españoles de tres mundos,* a la renovación de la prosa artística en la España del siglo XX, tenemos que reconocer su maestría, por lo menos en los siguientes aspectos: construcción de largos periodos melódicos, abundantes en incisos y metáforas; modulación del ritmo de la oración con efectos deliberados (brevedad,

---

[6] *El poema en prosa en España,* pág. 11.

rapidez, lentitud); gran libertad y flexibilidad en el manejo de la sintaxis; modo impresionista de narrar, en que se suprimen nexos causales y lógicos, enumerando y adjetivando con gran expresividad; y, sobre todo, primacía que se da en el cultivo de la imagen poética, como veremos más adelante. Lo mejor de la gran obra en prosa de Juan Ramón exhibe, a nuestro parecer, una densidad de material expresivo, probablemente inigualada en la prosa española de este siglo. Concordamos plenamente con Díaz-Plaja cuando dice que

> la aportación de Juan Ramón Jiménez a la prosa poética española es tan importante, por lo menos, como la que significa su obra en verso[7].

Pero, por importantes que sean las innovaciones formales que introduce en su idioma un gran escritor, lo que más nos debe importar es el contenido, el significado, la experiencia humana que expresan estas innovaciones y esta maestría verbal. Y Juan Ramón, consciente siempre de su contenido, su «fondo», revela mucho de sí mismo en su «caricatura lírica» de José Martí. Quiere aclararnos su concepto del modernismo en sus diferentes formas. Su modernismo nunca era la obra artificiosa, «lo mal entendido del modernismo», de un Julián del Casal o un Villaespesa; él estaba siempre más cerca de Martí:

> nunca me conquistaron las princesas exóticas, los griegos y romanos de medallón, las japonerías "caprichosas" ni los hidalgos "edad de oro". El modernismo, para mí, era novedad diferente, era libertad interior. No, Martí fue otra cosa, y Martí estaba, por esa "otra cosa", muy cerca de mí.

«Libertad interior», que encierra, podemos agregar, una honda preocupación ética, además de estética; una conciencia no sólo artística, sino moral y social también.

---

[7] *El poema en prosa en España*, pág. 61.

A esta zona de la actividad creadora es a la que tenemos que estar atentos, si queremos entender plenamente el alcance de su modernismo.

Krausismo, modernismo religioso y originalidad en Juan Ramón

Al autor de *Platero* le debemos algunas de las observaciones más perspicaces que se han hecho sobre el modernismo en que fue magistral partícipe. En sus conversaciones con Ricardo Gullón, habla repetidamente del modernismo religioso y sugiere su afinidad con el krausismo español:

> El modernismo empieza en Alemania [a mediados del siglo XIX], en lo religioso, y es una tentativa conjunta de teólogos católicos, protestantes y judíos para unir el dogma con los adelantos de la ciencia...[8]. Yo me eduqué con krausistas... El krausismo era entonces lo que luego fue el modernismo... Entre krausismo, o mejor dicho entre krausistas españoles y modernismo, hay alguna relación[9].

Conoció y trató, nos dice el poeta, a don Federico de Castro en Sevilla. Se hizo amigo y discípulo de Giner, como sabemos, en la Institución Libre en Madrid, y empezó a conocer, al mismo tiempo, los estudios del gran teólogo francés Alfred F. Loisy (1857-1940). (Sus libros, *Études évangéliques* y *L'Évangile et l'église,* fueron publicados en 1902.) Así que Juan Ramón mismo nos informa de las importantes influencias de dos corrientes renovadoras de su época —una religiosa (el modernismo teológico) y una laica (el krausismo español) con afinidades entre sí (basta pensar en el caso de Fernando de Castro, que dejó de ser cura católico para ser profesor

---

[8] *Conversaciones con Juan Ramón,* pág 50.
[9] *Conversaciones con Juan Ramón,* págs. 57-58.

krausista, y después rector, en la Universidad Central de Madrid)[10].

Si aceptamos como punto de partida la definición del modernismo de Federico de Onís en la «Introducción» de su *Antología,* podemos empezar a orientarnos mejor con respecto a la crisis de la conciencia española en la segunda mitad del siglo XIX:

> El modernismo es la forma hispánica de la crisis universal de las letras y del espíritu que inicia hacia 1885 la disolución del siglo XIX y que se había de manifestar en el arte, la ciencia, la religión, la política y gradualmente en los demás aspectos de la vida entera, con todos los caracteres, por lo tanto, de un hondo cambio histórico cuyo proceso continúa hoy[11].

En este contexto, nos parece que tanto el krausismo español como el modernismo religioso fueron manifestaciones de «esta crisis universal» y fueron motivados por un complejo de circunstancias históricas que podemos caracterizar por dos hechos básicos: la existencia en Europa de gobiernos influidos poderosamente por intereses eclesiásticos (no sólo en España, sino también en Francia —recordamos el «affaire Dreyfus»—, por ejemplo), y los enormes progresos que se habían hecho en las ciencias. Entre los intelectuales creyentes de la época, profesores y teólogos progresistas, el problema fue buscar un ambiente abierto y tolerante en que se podría adaptar, necesaria y vitalmente, a base de nuevos conocimientos históricos, la fe católica a las condiciones del pensamiento moderno. De hecho, el proyecto del joven

---

[10] De hecho, Pierre Jobit caracteriza el krausismo español de la siguiente manera: «... les Krausistes espagnols constituent l'avantgarde du grand mouvement moderniste, que l'Église dut condamner dans les premières années du XXe siècle», *Les Educateurs de l'Espagne Contemporaine* (París, Burdeos, Bibliotheque de l'École des Hautes Etudes Hispaniques, 1936), págs. 232-233.

[11] *Antología de la poesía española e hispanoamericana,* Madrid, Junta para Ampliación de Estudios e Investigaciones Científicas, 1934, pág. XV.

Loisy fue precisamente defender el cristianismo católico con nuevos métodos eruditos de investigación histórica. Y sus esfuerzos fueron repudiados por la censura eclesiástica y su excomunicación de la iglesia católica. Por consiguiente, se vio la necesidad más que nunca de separar al Estado de la Iglesia, de oponerse a la supremacía del Papa, de agitar para mayor libertad (libertad de cátedra, de culto y de conciencia). Éstas fueron, a nivel ideológico, algunas de las luchas políticas más importantes, tanto en Francia como en España. El trabajo de Loisy, igual que el de Giner, estaban destinados a fundamentar bases y crear condiciones para fomentar la libertad académica. En su esencia, los dos querían reconciliar la vida cristiana con los avances de la ciencia moderna dentro de una visión en lo fundamental progresista.

En el caso de Francisco Giner conviene destacar su confianza y optimismo en el futuro pese a su conciencia de la crisis de su época (el fracaso de la república democrática durante los años revolucionarios, 1868-1874, el desastre de las guerras coloniales en Cuba, 1868-1878 y 1895-1898, etc.). Porque

> la interpretación krausista de la historia supone un *Ideal* de futura perfección humana en el que las crisis, con sus desmayos o retrocesos, no son más que efímeros paréntesis[12].

Efectivamente, el krausismo de Giner, con sus ideas de progreso y perfectibilidad, se caracteriza por su absoluta confianza en el advenimiento de un mundo mejor. Y pronto, al estudiar en *Platero* la visión del mundo allí representada, veremos este contagio de Giner, esta creencia en un futuro mejor[13]. ¿Y no será esto, entre otras cosas, lo que distingue «la pedagogía» de *Platero y yo*

---

[12] Juan López-Morillas, *Hacia el 98: literatura, sociedad, ideología*, Barcelona, Ariel, 1972, pág. 193.

[13] Para una detallada exposición de la influencia gineriana en el idealismo y los temas de *Platero*, véase el valioso estudio de Cardwell,

de «la pedagogía» de otras obras literarias de su época? El tema de la educación, tan estrechamente ligado a la preocupación patriótica, aparece con gran insistencia en Unamuno *(Amor y pedagogía,* 1902), en Baroja *(Camino de perfección,* 1902), en Azorín *(La voluntad,* 1902), *y* en Antonio Machado *(Soledades, Galerías y Otros Poemas,* 1907). Pero, ¡cuán diferente de la visión negativa pesimista, satírica de estas obras es la esencial afirmación de la vida que se halla en «la elegia andaluza»! Y es precisamente la formación «modernista» del autor de *Platero* (el krausismo español y el modernismo religioso), junto con su situación social en Moguer, lo que nos ayuda a explicar el florecimiento de una obra tan profundamente religiosa (en el sentido gineriano de la palabra).

Si volvemos a reflexionar un momento en el «Prólogo a la nueva edición» (incluido en los apéndices), donde el autor nos habla de su «nuevo conocimiento de campo y jente» a su vuelta a Moguer «después de haber vivido dos años con el jeneroso Doctor Simarro», podemos entender mejor ahora el sentido de estas palabras. Descubrir a Alfred Loisy después del colegio de los jesuitas, descubrir a los hombres de la Institución Libre en Madrid después del ambiente conservador de su clase social en Moguer (y del sistema de la Restauración en general), fue descubrir un mundo nuevo para el poeta. Y este mundo nuevo explica, en gran parte, «la juventud», «la renovación» y «la libertad interior» con que él nos caracteriza su modernismo.

Pero naturalmente la obra de Juan Ramón no es sólo producto de influencias recibidas de afuera. Antes de concluir estas observaciones sobre su formación intelectual, conviene insistir una vez más en la fuerza de su tierra natal como inspiración de su creación literaria.

«"The Universal Andalusian", "The Zealous Andalusian", and "The Andalusian Elegy"» *Studies in Twentieth-Century Literature,* vol. 7 (1983), págs. 204-224, y la «Introducción» de su edición de *Platero y yo,* págs. 21-38.

Su pueblo —su infancia— está por todas partes en su obra, y el alma del pueblo, depurada y exaltada, está en su alma universal e intemporal[14]

Rubén Darío es seguramente uno de los primeros en advertir que el modernismo del joven andaluz se alimentaba de un íntimo contacto con su tierra[15]. Y después muchos otros han observado y comentado la presencia de Moguer en la obra del poeta.

Pero nadie como Juan Ramón mismo se dio tan profunda cuenta de su herencia andaluza y de su necesidad de ser andaluz. En su «Recuerdo a José Ortega y Gasset», un excelente ejemplo de evocación y crítica, escrito en 1953, Juan Ramón nos relata que Ortega

> hubiera preferido que yo cantase a Castilla como Unamuno o como Antonio Machado...[16].

El autor de *Platero* no puede participar en la exaltación de Castilla, porque considera que el escritor debe alimentarse de sus propias raíces:

> Yo tenía conciencia de que era andaluz, no castellano, y ya consideraba un diletantismo inconcebible la exaltación de Castilla (y, sobre todo, de la Castilla de los hidalgos lampones, tan de la picaresca) por los escritores del litoral, Unamuno, Azorín, Antonio Machado, Ortega mismo. Prefería ya, sigo prefiriendo, a los escritores que escriben de lo suyo, Baroja, Miró, Valle-Inclán en su segunda época[17].

Y después nos informa el poeta que no solamente Ortega, sino también Giner, Cossío y otros amigos de la Institución Libre de Enseñanza le animaron a escribir sobre el tema de Castilla:

---

[14] Federico de Onís, *Antología*, pág. 573.

[15] «Es curioso que Rubén Darío, en su crónica *La tristeza andaluza*, que escribió sobre mis *Arias tristes*, viera claro que la copla de mi tierra cantaba en ellas, cosa ésta que los críticos españoles no vieron», en «El modernismo poético...», *El trabajo gustoso*, pág. 225.

[16] *La corriente infinita*, pág. 156.

[17] *Ibíd.*, pág. 156.

> Pero mi idea instintiva de entonces y conciente de luego, era la exaltación de Andalucía a lo universal, en prosa, y en verso, a lo universal abstracto; y como creo que es verdad que el hábito hace al monje, yo me puse por nombre "el andaluz universal" a ver si podía llenar de contenido mi continente[18].

Esta firme determinación de cumplir con la más exigente misión creadora es, sin lugar a dudas, lo que más confiere originalidad y autenticidad a la obra de Juan Ramón. Formado en la Institución Libre de Enseñanza y en el mismo clima espiritual que otros de sus contemporáneos, testigo y partícipe también como ellos del gran movimiento renovador que es el modernismo, el poeta de Moguer, sin embargo, no se deja absorber por todas las corrientes de su tiempo y conserva, con gran empeño, su arraigada individualidad.

Al adentrarnos ahora en un estudio de *Platero,* tengamos en cuenta la formación intelectual del poeta y su orgullosa conciencia de ser andaluz, y no castellano. Influido, como sabemos, por el espíritu de renovación y regeneración de los hombres de la Institución, e imbuido también en sus ideas pedagógicas, que, en el fondo, responden a una preocupación patriótica, el poeta moguereño escribe *Platero y yo.* ¿Qué relación, entonces, tiene esta creación lírica con los problemas de su tiempo? ¿Qué aportación trae al «problema de España» de aquella época, al problema de la vieja España de la Restauración? Busquemos ahora su sentido histórico además de apreciarla como obra de arte.

Punto de vista, intuición del mundo, tema central

Volvamos al borrador del «Prólogo a la nueva edición» de *Platero,* que contiene aun otra clave para mejor apreciar la complejidad de esta obra. Se recordará que el

---

18 *Ibíd.,* págs. 156-157.

poeta nos informa primero de su vuelta a Moguer después de dos años en casa del doctor Simarro. Luego dice:

> El recuerdo de otro Moguer unido a la presencia del nuevo y mi nuevo conocimiento de campo y jente, determinó el libro.

Y, efectivamente, existen dos tiempos en *Platero y yo,* «el recuerdo de otro Moguer» y la «presencia del nuevo», los recuerdos de la niñez y la nueva conciencia del adulto. Hay, pues, una constante superposición de dos actitudes, la del niño y la del hombre, la del mundo ingenuo e inconsciente, y la del mundo adulto, consciente del dolor, el sufrimiento y la muerte. La función del adulto es ir educando al niño, o sea, la función del amo es ir educando a Platero, al niño en Platero, en su camino de perfección hacia Dios. Porque existe en *Platero* lo que cabe llamar una intuición poética del cristianismo, basada en el ideal de Francisco Giner: «hacer de la vida religión y religión de la vida». Vivir en *Platero* es vivir religiosamente, lo cual significa vivir cristianamente, pues es el cristianismo, entendido y sentido por los krausistas españoles, la religión por excelencia, que exalta el valor y la dignidad del hombre.

Veamos, pues, un poco más de cerca el mundo de *Platero,* a la luz del Evangelio, para mejor entender la conducta del amo y del burro. Por bella y lírica que sea la naturaleza de Moguer —con su campo, cielo y atardeceres—, su sociedad es vista con ojo realista y crítico[19]. Observamos en seguida que las instituciones principales del pueblo son casi siempre tratadas con ironía, sátira o humor. Se nota, sobre todo en la mirada que dirige el poeta hacia el cura don José, el médico Darbón, y los

---

[19] Agradezco a la editorial Gredos el permiso de reproducir aquí, en parte, algunas ideas de mis estudios de *Platero y yo,* contenidos en *La obra en prosa de Juan Ramón Jiménez,* Madrid, Gredos, 1975, 2.ª edición ampliada.

maestros de escuela, Doña Domitila y Lipiani. Observamos también que casi toda muchedumbre, cualquiera que sea la ocasión, produce disgusto y desagrado en el poeta. Él huye casi siempre de los espectáculos que provocan hipocresía: el domingo en la iglesia, matanza y borrachera en las corridas de toros, frivolidad y ambiente bullanguero en el Carnaval, violencia y odio en las peleas de gallos. Más desconcertantes son las páginas dedicadas a actos de crueldad y mezquindad humanas, tales como los que se describen en los capítulos «El perro sarnoso», «El «demonio», «Sarito», «Pinito» y «La yegua blanca». Lo que más llama la atención son las repetidas referencias a los niños pobres y abandonados —«niños pobres», «chiquillos astrosos», «chiquillos violentos», «una niña sucia y rota», «niños sin dinero»—, situación que, indudablemente fomenta actos de violencia como apedrear a los animales («El demonio», «La yegua blanca») o apedrear a otros niños pobres («Pinito»).

La sociedad moguereña, por lo tanto, nos plantea el tema bíblico de la persecución y de la injusticia, dirigidas especialmente hacia los abandonados e indefensos. Así en *Platero,* como en el Evangelio, el mundo está lleno de hipocresía y violencia; es un mundo necesitado de un ideal redentor. Y es en este mundo en donde entra el poeta «vestido de luto, con mi barba nazarena», «cabalgando en la blandura gris de Platero». El poeta, como Cristo, es malentendido y perseguido por los niños pobres que le gritan: «¡El loco!» (Naturalmente, el tono y sentido de estos pasajes de *Platero* son muy diferentes del texto sagrado, pero sigamos el paralelo para ver claramente la intención artística.) Cristo vino al mundo para atender, sobre todo, a los pobres, los enfermos y los desgraciados. Igualmente, Platero y su amo atienden, con amor cristiano, a las criaturas más desamparadas, como en los casos de «La tísica», «La niña chica» y «Sarito». Recordamos los siguientes capítulos: «Libertad», donde amo y burro acuden a ahuyentar, con sus ruidos, a unos pájaros, amenazados con la pérdida de su libertad y vida por «unos muchachos traidores» que les tenían puesta una red; «La carretilla», en que Platero y su amo ayudan a «una niña, rota y sucia» y «su borricuelo, más pequeño !ay! y más flaco que Platero» a arrancar del fango su carreta; «La tísica», donde Platero sirve de consuelo y alegría a la pobre niña que no podía salir al campo sin su ayuda; «Sarito», donde Platero y amo fraternizan con este pobre «negrito», evidentemente un paria en aquella sociedad andaluza; y «Navidad», donde Platero también alegra la vida a los niños pobres del casero, que no tienen Nacimiento («Yo les traigo a Platero, y se lo doy, para que jueguen con él»). Así, el poeta y Platero siguen el ejemplo del Redentor en su amor a los niños. Y finalmente, Platero mismo es instruido constantemente, según el evangelio de su amo. La pedagogía íntima siempre condena la hipocresía, la crueldad, y la vulgaridad de la sociedad humana, y apunta hacia la alegría e inocencia del mundo infantil, y hacia los caminos bellos y misteriosos del «cuerpo grande y sano de la naturaleza». Son lecciones de sencillez, de naturalidad, de bondad, de compasión, de amor fraterno —en fin, virtudes cristianas todas.

Imágenes, alegoría y simbolismo

En el uso de las imágenes poéticas es donde se manifiesta claramente la densidad de significado de esta creación lírica. Destaquemos solamente dos distintas configuraciones de imágenes, que giran en torno a la mariposa y a la sangre, para indicar por lo menos algo de la enorme riqueza de la obra.

Primero, hay que tener en cuenta que *Platero y yo* se estructura de acuerdo con el ciclo natural del año (de primavera a primavera). Este periodo temporal sirve de marco para la breve vida de Platero, que aparece en el libro a principios de la primavera y muere al final en la misma época. La clave que revela el significado de esta organización de materia poética la tenemos que buscar en la imagen recurrente de la mariposa, que se halla significativamente al principio y al final del libro. En el capítulo II, «Mariposas blancas», Platero y su amo son detenidos por un hombre feo que quiere cobrar el tributo a los consumos que traen al pueblo. Pero el amo indica que no llevan más que «mariposas blancas», que el hombre, naturalmente, no ve. Evidentemente, estas «mariposas blancas» tienen valor simbólico. Platero lleva bienes espirituales y no participa de la vida material y económica del pueblo. El significado de la mariposa se confirma, y se hacc explícito, en cinco capítulos finales: CXXXI, CXXXII («La muerte»), CXXXIII, CXXXV, CXXXVI (la resurrección y metamorfosis de Platero). En «Melancolía», el poeta va a visitar la tumba de Platero y le pregunta si recuerda aún a su amo. La respuesta se expresa dc la siguiente manera:

> Y, cual contestando a mi pregunta, una leve mariposa blanca, que antes no había visto, revelaba insistentemente, igual que un alma, de lirio en lirio...

El alma de Platero, como la mariposa, sale de su crisálida y experimenta una resurrección. Más tarde, en el capítulo CXXXVI, el poeta va a visitar la tumba de su amigo por última vez y dice:

> ... tú, Platero, feliz en tu prado de rosas eternas, me verás detenerme ante los lirios amarillos que ha brotado tu corazón descompuesto.

Platero, como la mariposa, criatura del mundo natural, sufre una metamorfosis. Su muerte fertiliza los procesos vitales y forma parte de nueva creación. Y Platero, como la mariposa símbolo de la resurrección de Cristo[20], sube derecho al cielo. El alma de Platero, como el alma de Cristo, está en el cielo y también entre los hombres en la

---

[20] En un sentido mas general, la mariposa puede simbolizar la resurrección de todos los hombres. Véase George Ferguson, *Signs and Symbols in Christian* Art, New York, Oxford University Press, 1966, pág. 13.

tierra. De esta manera, las imágenes poéticas nos revelan que la visión del mundo de *Platero* abarca la visión cristiana del destino humano.

Pasemos ahora a estudiar brevemente las imágenes de sangre. En general, se puede establecer que el dolor y el sufrimiento no son en *Platero* accidentales ni gratuitos, sino vistos como resultado de una condición concreta y determinada: enfermedad o defecto de nacimiento («El niño tonto», «La tísica», «La niña chica») acciones premeditadas («El potro castrado»), acciones repetidas o habituales (niños pobres que atormentan animales viejos y enfermos), o espectáculos públicos de crueldad («Los gallos», «Los toros»). Pero existe también otra categoría de dolor y sufrimiento, aparentemente gratuito, ocasionado por puros accidentes que producen, como consecuencia, el derramamiento de sangre («La púa», «El loro», «La sanguijuela», «La coz»). Nos interesa subrayar que en tres de los cuatro casos es la sangre de Platero la que se derrama. En todos los casos, Platero es inocente, el daño no es mucho, y el dolor se pasa pronto. En dos de los casos, la sangre es purificada y lavada por las aguas del río. En «La púa», el poeta quita la espina y lleva a Platero al río:

> me lo he llevado al pobre al arroyo de los lirios amarillos, para que el agua corriente le lama, con su larga lengua pura, la heridilla.

En «La sanguijuela», el poeta explica:

> Para que no saque sangre a ningún burro más, la [sanguijuela] corto sobre el arroyo, que un momento tiñe de la sangre de Platero la espumela de un leve torbellino...

Estos casos en que la sangre de Platero se mezcla con las aguas del río sirven para señalar la significación de «Paisaje grana», donde el crepúsculo sangriento («el ocaso, todo empurpurado, herido por sus propios cristales, que le hacen sangre por doquiera») hacía aparecer como si el mismo Platero bebiera aguas de sangre en «un charquero de agua de carmín, de rosa, de violeta» («y hay por su enorme garganta como un pasar profuso de umbrías aguas de sangre»).

Esta comunión recíproca entre Platero y la naturaleza encarna, como vamos a ver, un «misterio sagrado». Si tenemos en cuenta que estos actos de dolor y sangre, aparentemente gratuitos (y otros también, como el caso de la niña muerta por un rayo en «La fantasma», y el del «Perro sarnoso» muerto por un guardia en un arrebato de mal humor) tienen lugar en la primavera, podemos aventurar la siguiente interpretación. Somos testigos en la primera parte de *Platero* del sacrificio ceremonial de la primavera. Los «accidentes» del derramamiento de sangre, e incluso de la muerte, son los sacrificios necesarios para asegurar la renovación de la primavera y el bienestar de la sociedad. Todos estos actos pueden ser interpretados como elementos rituales de un gran drama estacional en el cual el propio Platero es el protagonista. Notamos, por ejemplo, que la designación de «cruda primavera» de los primeros capítulos da lugar en «La primavera» al pleno florecimiento de esta estación («el campo se abre en estallidos, en crujidos, en un hervidero de vida sana y nueva»), sólo después de tres casos del derramamiento de sangre («La púa», «Paisaje grana» y «El loro»). Esta interpretación del tratamiento simbólico de la primavera nos pone en condiciones de entender un aspecto fundamental del simbolismo de la obra. La clave para descubrir el valor expresivo de un determinado capítulo lírico debe buscarse en la estación (y muchas veces en el mes) en que ocurre, ya sea primavera, verano, otoño o invierno. Lo que se establece en cada caso es el clima emocional de cada estación. Los episodios y las descripciones líricas captan, simbólicamente, significaciones, sentimientos y ritmos que corresponden a distintas estaciones y que han sido preservadas o mantenidas a través de antiguas tradiciones míticas y rituales, entre las cuales, desde luego, predomina la tradición cristiana[21]. Así, el renacimiento de la primavera, la plenitud del verano, el declinar del otoño y la muerte del invierno están representados y revividos en cada página de *Platero*.

Platero y su amo, como protagonistas de este gran drama estacional, adquieren un significado simbólico fundamental para la representación de los misterios cristianos. En primer lugar, ¿no son las heridas de Platero una evocación de las del Cristo crucificado? Platero sufre «tormentas», muere y resucita, recordamos, en las estaciones de primavera que marcan el ciclo de su breve vida. Pero el simbolismo de Jesucristo en *Platero y yo* es más complicado que esto. Hay dos protagonistas centrales. Platero no sólo lleva «mariposas blancas» en su alforja, lleva a su amo, que representa también, como hemos visto, una figura de Cristo. Platero y su amo, cuerpo y alma, parecen representar los dos aspectos de Jesucristo. En «Retorno», esta relación orgánica entre amo y asno se hace explícita. El poeta va embriagado del olor de los lirios y exclama: «¡Alma mía, lirio en la sombra!» Y reflexiona:

> Y pensé, de pronto, en Platero, que, aunque iba debajo de mí, se me había, como si fuera mi cuerpo, olvidado.

El lector notará, además, cómo el lenguaje poético de este capítulo adquiere una especial densidad de significado, visto a la luz de la alegoría cristiana:

> Veníamos los dos, cargados, de los montes: Platero de almoraduj; yo, de lirios amarillos... Todo lo que en el poniente había sido cristal de oro, era luego cristal de plata, una alegoría, lisa y luminosa, de azucenas de cristal... mi nostalgia de ciudades, aguda con la primavera.

---

[21] El poeta tenia conciencia de la analogía que existe entre los ritos cristianos y las formas religiosas más primitivas de antiguas sociedades agrícolas. Aprendió (probablemente de Renan y Loisy) cómo el cristianismo absorbe y asimila antiguos ritos del culto de la vegetación.

Hay que llamar la atención especialmente a la presencia, y el efecto, de los lirios, otra imagen recurrente, entre muchas, que enriquece el drama cristiano de la obra. El lirio, en la iconología cristiana, es símbolo de la pureza y, por ello, la flor de la Virgen. Puede simbolizar también el dolor de la Virgen frente a la pasión de Cristo. Amo y asno, vida, muerte y resurrección, heridas de sangre, mariposas y lirios —todo confluye para hacernos ver el paralelo entre la «pasión» de *Platero y yo* y la Pasión de Cristo, que empieza, recordamos, cuando el Redentor entra en Jerusalén montado sobre el asno.

Esta evidencia de una alegoría cristiana en *Platero* nos obliga a reflexionar, aunque sea de pasada, en los episodios que inician la obra cuando el poeta y Platero entran en Moguer. Hay señales alarmantes y temibles que indican que el mundo está mal y en desorden. Tres de los primeros cinco capítulos tienen lugar de noche o al anochecer, y uno trata del imponente efecto del eclipse. Cuatro de los primeros ocho capítulos causan miedo y estremecimiento, que adquieren proporciones siniestras en «Escalofrío». La violencia latente de estos primeros capítulos estalla en «Judas», en el cual los habitantes de Moguer, practicando un rito primaveral, espantan a tiros las efigies de ciudadanos odiosos de la comunidad. Estas perturbaciones del clima emocional son intensificadas por disturbios cósmicos. Las estrellas adquieren un carácter ominoso en «Escalofrío» («el camino asaeteado de estrellas de marzo»). El pobre Platero, incluso,

> no sé si con su miedo o con el mío, trota, entra en el arroyo, pisa la luna y la hace pedazos.

Miedo, violencia y desorden nos recuerdan la descripción del crepúsculo, «herido por sus propios cristales», en «Paisaje grana». Finalmente, en «Las golondrinas», encontramos una explicación parcial de estos desórdenes del mundo:

> La primavera tuvo la coquetería de levantarse este año más temprano.

Así como el eclipse en el capítulo IV desorientó a las gallinas que se recogieron prematuramente en su cobijo, creyendo que era ya de noche, las golondrinas se desorientan por la prematura y dolorosa llegada de la primavera.

A nivel simbólico, el Evangelio, una vez más, nos da una explicación más satisfactoria, o más completa, de estos misterios que nos desconciertan al principio. Los desórdenes en el mundo de Platero evocan, sutil y levemente, las grandes tribulaciones que anuncian el segundo advenimiento de Cristo. Pongamos un solo ejemplo de la venida del Hijo del Hombre:

> E inmediatamente después de la tribulación de aquellos días, el sol se oscurecerá, y la luna no dará su resplandor, y las estrellas caerán del cielo, y las potencias de los cielos serán conmovidas (San Mateo 24:29).

No podemos estudiar aquí el paralelo entre *Platero* y la Biblia, pero sí podemos sugerir que una lectura cuidadosa de los acontecimientos en *Platero,* enumerados parcialmente arriba, revela una serie de disturbios, señales e imágenes (la señal y la parábola de la higuera, por ejemplo, en «Las brevas»), anunciados en el libro de San Mateo, capítulo 24. *Platero y yo* nos ofrece, en resumen, una visión del destino humano, inspirada, en forma condensada y sintética, por la Pasión de Cristo y el segundo advenimiento del Hijo del Hombre. Entendemos mejor ahora el pleno significado del capítulo «Retorno». Porque *Platero* evoca no solamente aspectos de la vida de Cristo, sino también los acontecimientos que acompañan el retorno de Cristo, que inicia el reino de Dios en la tierra. Así que todo el desorden, miedo y violencia que caracterizan el prolongado y doloroso parto de la primera primavera son aspectos de un proceso de depuración que anuncian el alba de una nueva y más perfecta edad para las humildes criaturas del mundo moguereño.

No cabe duda de que hay elementos de una compleja alegoría cristiana en esta bella elegía andaluza. Cuando reflexionamos en la educación del joven poeta (del colegio de jesuitas a la Institución Libre de Enseñanza, de la Biblia[22] a Renan[23], de Tomás de Kempis[24] a Alfred Loisy), no nos extraña que se ponga a escribir su propia versión andaluza de la vida de Cristo —una vida de Cristo, por cierto, «modernizada» y «modernista» que implica «la exaltación de Andalucía a lo universal».

Krausismo español, estructura literaria y significado histórico

¿En qué consiste la modernidad de esta alegoría cristiana? ¿Cómo sabemos que el mundo de *Platero* es de nuestro tiempo y no del siglo XV o XVI o antes? En parte, creemos, por la doble perspectiva del niño y del adulto que ya hemos mencionado. Cuando el niño y su psicología parecen predominar en algún momento lírico, se proyecta una visión trascendente de un paraíso celestial, como en el caso del «niño tonto», o como en el caso de la muerte de *Platero* mismo. Pero cuando se trata del punto de vista del adulto, lo divino se interioriza y la religión se convierte en un asunto de conciencia—conciencia de algo divino e innato[25]. El poeta en *Platero* busca dentro de sí mismo la intuición y evidencia de Dios: «Parece, Platero..., que otra fuerza de adentro, más altiva, más constante y más pura, hace que todo, como en

---

22 «La Biblia que yo leí tantas veces», en «El salón», *La colina de los chopos*, pág. 164.

23 «De muchacho leí a Tácito y a Renan, y me empapé de estas cosas», en *Conversaciones con Juan Ramón*, pág. 122.

24 Véanse Palau de Nemes, *Vida y obra de Juan Ramón Jiménez*, páginas 29-31, y Campoamor González, *Vida y poesía de Juan Ramón Jiménez*, pág. 27.

25 Hay que subrayar cuánto insiste el poeta en este concepto de lo divino en sus meditaciones en prosa. Pongamos un ejemplo, entre muchos, sacado de *La corriente infinita*: «¿Es necesario que consideremos el espíritu como cosa divina de fuera que nos divinice? No; no es eso, me parece que no es eso. Lo divino está en nosotros, en nuestra propia entraña humana, como un diamante en una mina», página 256.

surtidores de gracia, suba a las estrellas» (de «¡Angelus!»); «¡Qué fuerza de adentro me eleva, cual si fuese yo una torre de piedra tosca con remate de plata libre!» (de «Noche pura»). Según esta concepción adulta, cada espíritu humano contiene dentro de sí fuerzas humanas superiores. Todos somos Cristo, en potencia, y la vida de Cristo es un profundo símbolo de las posibilidades del perfeccionamiento humano. De esta manera, la alegoría cristiana de *Platero,* basada en el Evangelio, es perfectamente compatible con estas dos perspectivas de lo divino.

La conciencia adulta de lo divino es un aspecto importante de la «modernidad» de *Platero,* como también lo es la conciencia de lo humano. Ya hemos comentado la preocupación moral y social del poeta frente a los pobres, los indefensos y los desgraciados. También hemos visto su ojo realista y satírico dirigido hacia las instituciones y sus representantes, y hacia los espectáculos y ceremonias públicas de la vida de Moguer. Pero ahora hay que insistir en su sensibilidad agudizada, histórica y socialmente, por su contacto en Madrid con los hombres de la Institución Libre de Enseñanza. El poeta es muy sensible a los tristes cambios que ha sufrido el Moguer de su niñez. Poco a poco vamos aprendiendo que la pobreza, tan evidente y penosa en el pueblo, es el resultado de causas bien concretas. Nos habla el poeta de la disminución de la producción de vino en «Vendimia», de la decadencia en el comercio de pesca y vinos, en «El río», y, finalmente, del deterioro económico y social de su barrio, que indujo a su padre a cambiar de casa y de calle:

> Después, mi padre se fue a la calle Nueva, porque los marineros andaban siempre navaja en mano, porque los chiquillos rompían todas las noches la farola del zaguán y la campanilla,

en «La calle de la Ribera». Quizá es «El río» donde más resaltan la conciencia del mal económico de las minas de Riotinto, y la conciencia de la intriga política[26] y de la injusticia:

> Mira, Platero, cómo han puesto el río entre las minas, el mal corazón y el padrastreo. Apenas si su agua roja recoge aquí y allá, esta tarde, entre el fango violeta y amarillo, el sol poniente; y por su cauce casi sólo pueden ir barcas de juguete. ¡Qué pobreza! Antes, los barcos grandes de los vinateros... ponían sobre el cielo de San Juan la confusión alegre de sus mástiles... o iban a Málaga, a Cádiz, a Gibraltar, hundidos de tanta carga de vino... Y los pescadores subían al pueblo sardinas, ostiones, anguilas, lenguados, cangrejos... El cobre de Riotinto lo ha envenenado todo. Y menos mal, Platero, que con el asco de los ricos, comen los pobres la pesca miserable de hoy... Pero el falucho, el bergantín, el laúd, todos se perdieron.

¿Cuál es la relación entre lo divino y lo humano en *Platero*, en el caso concreto e histórico de Moguer? ¿Qué nos revela la concepción artística entre un ideal redentor y la marcha histórica de una sociedad determinada? Es aquí donde nosotros podemos descubrir, posiblemente, una influencia krausista muy sutil, presente no en forma explícita, desde luego, sino objetivada en la estructura misma de la obra. Estudiemos ahora cómo la estructura literaria (la organización expresiva) nos da una pauta o diseño muy consonante con las ideas de progreso y perfectibilidad que el krausismo recibe de la Ilustración del siglo XVIII. Ya hemos observado que el tiempo de *Platero* transcurre en el curso de un año —de primavera a primavera. Pero ¡qué contraste entre el clima emocional y espiritual del final del libro con el del principio! Las grandes «tribulaciones» que preceden el retorno del ideal redentor son reemplazados, hacia el final (a la muerte y resurrección de Platero), por la paz y la tranquilidad, y por mayores grados de pureza y per-

---

[26] Véase mi estudio *La obra en prosa de Juan Ramón Jiménez*, págs. 58-59.

fección en la vida humana. El paso de Platero en la tierra ha tenido un efecto benéfico.

En general, podemos observar que hay una regular distribución de incidentes o situaciones de crueldad y bondad, violencia y paz, fealdad y belleza, a lo largo de la obra. Pero los peores casos de violencia y crueldad humanas desaparecen misteriosamente con la llegada del invierno. Después del incidente de «La yegua blanca», en el cual unos niños apedrean a muerte a una vieja yegua ciega, no hay más ejemplos en que la crueldad humana desemboque en la muerte. En efecto, después de «La yegua blanca», que ocurre a fines de noviembre, no hay ningún ejemplo de crueldad humana o sordidez comparable con éste o con anteriores capítulos, como «Pinito», «Sarito», «Los gallos», «El demonio», o «El perro sarnoso». A medida que el invierno progresa, la gradual reducción de la violencia y sordidez es notable (una reducción que comienza casi imperceptiblemente en otoño). Hay todavía algunas referencias a la miseria como «gitanos astrosos» o «niños pobres y tristes», pero, con excepción de unos tres o cuatro capítulos, el lado desagradable de la vida no se desarrolla. En efecto, después de «Leche de burra», once de los doce capítulos que preceden inmediatamente a la muerte de Platero reflejan un predominio de la felicidad, la inocencia y la pureza del mundo infantil o del mundo de la naturaleza. El único incidente, que perturba este inocente mundo infantil establecido al final, tiene lugar en «Los burros del arenero». Esta excepción es tan notable que confirma la regla general. El poeta señala a Platero la suerte de los desgraciados burros que trabajan cargando arena. Precisamente en el momento de hacer explícito un detalle de crueldad humana («pegan»), el poeta se detiene y no continúa. Por estar la muerte de Platero muy próxima ya, sólo dos capítulos más adelante, nos damos cuenta de que la gradual reducción y, finalmente, la eliminación de todos los ejemplos de crueldad y violencia son un deliberado intento de purificar el ambiente y el clima espiritual en el cual Platero ha de morir. Del mismo modo que Platero es instruido antes en los caminos de la muerte y la resurrección, así se le prepara, especialmente en el invierno, para el acto final de su muerte. En realidad, muchos de los últimos capítulos revelan claramente este intento. La muerte está muy cerca y las últimas palabras de aliento y de consuelo son muy expresivas al respecto.

Al preparar el ambiente que rodea la muerte de Platero, se ha esmerado el autor en asegurar que ningún incidente desagradable o violento contamine las circunstancias de su desaparición. Eliminada la violencia, se dan palabras finales de instrucción y de consuelo. Los niños avivan las escenas con sus juegos alegres antes de la muerte de Platero en Navidad o después por los campos y cerca de su tumba. Y, como hemos visto, las imágenes de la mariposa expresan el sentido de su muerte como proceso de metamorfosis y renacimiento en el mundo natural o como misterio de resurrección en el reino espiritual. Así, la simetría de fuerzas opuestas que gobierna el comienzo y el final de *Platero* resalta en toda su nitidez. El desorden y la noche son las condiciones del mundo al principio del libro; la armonía y la claridad son las que caracterizan el mundo al final. La experiencia del parto de la primavera es prolongada y dolorosa; la experiencia de la muerte de Platero es rápida y apenas dolorosa para él, aunque triste para el mundo que deja atrás. Sí, la muerte de Platero es triste, pero también alegre. Con su ejemplo, con su puesta en práctica de la doctrina de Jesús (dirigido por su amo, su alma), ha preparado el mundo para mayores grados de perfeccionamiento moral, ha contribuido (de acuerdo con la concepción krausista de la historia) a la marcha ascendente del hombre hacia la plenitud vital. Lo que da Platero al mundo es un precioso legado de amor y pureza. Cuando el poeta va con los niños a visitar la sepultura de Platero, en un glorioso día de abril, leemos:

> Cantaban los chamarices allá arriba, en la cúpula verde, toda pintada de cenit azul, y su trino menudo,

> florido y reidor, se iba en el aire de oro de la tarde tibia, como un claro sueño de amor nuevo.

En los dos capítulos finales, el poeta reconoce el valor de Platero como purificador de su corazón y su alma. Dirigiéndose al Platero ya inmortalizado en su libro, dice así:

> lleva montada en su lomo de papel a mi alma, que, caminando entre zarzas en flor a su ascensión, se hace más buena, más pacífica, más pura cada día.

Así que *Platero y yo* es más que una «elegía andaluza», más que un lamento por un mundo pasado y perdido para siempre. Hay tristeza, ciertamente, por la pérdida de un pasado mejor[27], por la pérdida de la inocencia juvenil, por la pasión de Cristo, por el sufrimiento del mundo, por la muerte de Platero, pero también alegría por el futuro previsto, por la superación inevitable de este momento histórico de las «tribulaciones», por la resurrección de Platero y por la promesa del establecimiento del reino de Dios en la tierra. La caracterización que nos da Juan López-Morillas (del pensamiento del unitario norteamericano Channing y del krausista español Azcárate) capta bien, a nuestro parecer, la sensibilidad religiosa, poéticamente elaborada en *Platero:*

> Channing y Azcárate proclaman que el cristianismo, muy lejos de pertenecer como doctrina eficaz al pretérito, «no ha dado todavía los más preciados frutos que lleva encerrados en sus puros y divinos principios». Es, en realidad, una religión del porvenir, a la vez guía y meta del perfeccionamiento moral de la humanidad[28]. «El cristianismo... es temple y espíritu más que doctrina», una religión alegre y optimista que enaltece la libertad, la dignidad y el progreso humanos [29].

---

[27] Véase «mi nostalgia de lo mejor ¡tan triste en mi pobre pueblo!» en el capítulo CXXIII, «Mons-urium».

[28] *Hacia el 98: literatura, sociedad, ideología,* pág. 177.

[29] *Ibíd,* pág. 174.

En este contexto podemos apreciar mejor el valor de *Platero* como texto literario de su tiempo. La función estética de *Platero* (su misión pedagógica) es rescatar este sentido fundamental de la doctrina de Cristo (de manos de quienes lo han pervertido por medio de confesiones, dogmas, sectas, etc.) y devolverle, en la práctica, su «moral pura, sublime y desinteresada». Apreciamos también el acierto artístico de incorporar a la alegoría cristiana la promesa del futuro expresado por Cristo en su discurso en el monte de los Olivos: que las grandes tribulaciones —guerras, disturbios internacionales, pestes, hambres, persecución, falsos profetas— serán seguidas por las alegres noticias del reino de Dios en la tierra. Esta visión de la alegoría cristiana en *Platero* sugiere poéticamente la época de transición y crisis de España a comienzos del siglo —la vieja España (concentrada en Moguer) en plena desintegración y la nueva España todavía sólo una promesa del futuro.

En resumen, hemos visto que la «pedagogía íntima» de *Platero* se dirige especialmente a los niños (como semillas del futuro), y se inspira en la hermosura de la naturaleza y en las virtudes cristianas del amor fraterno, la bondad y la compasión. Además de su conciencia social de la hipocresía, crueldad e injusticia del mundo, basada en un fuerte sentido realista de las desigualdades y decadencia de Moguer, ofrece también una visión idealizada y utópica de la vida. Proyecta con su visión redentora un ideal de lo que la vida debe ser y así contrasta significativamente con la sociedad moribunda de la España de la Restauración. De esta manera, tiene una afinidad notable con las aspiraciones colectivas para España de una minoría progresista de dos generaciones de españoles, que incluyen tanto los maestros como los escritores contemporáneos del poeta. Participa *Platero y yo* de esa esperanza en una nueva España, regenerada y redimida por la juventud, por la moral cristiana, y por «el cuerpo grande y sano de la naturaleza». Y quizá, más fundamentalmente, *Platero y yo* es, en su concepción artística, la expresión de un poderoso mito de regeneración y, como tal, representa una modalidad del mejor regeneracionismo de su tiempo. Este sueño de una España mejor es el mismo sueño de Giner, Unamuno e incluso, en parte, del joven Antonio Machado. La diferencia es que la visión de *Platero* se basa no en Castilla, sino en Andalucía, en el «campo y jente» de Moguer, y así afirma el «Andaluz Universal» tanto su carácter generacional como su arraigada individualidad.

Conclusiones

> La poesía es una tentativa de aproximarse a lo absoluto, por medio de símbolos. Lo universal es lo propio; lo de cada uno elevado a lo absoluto[30].

¡Qué bien se realiza este principio poético en el caso de *Platero y yo!* La compleja alegoría de la vida de Cristo, bifurcada y proyectada en las figuras del amo y el burro es el vehículo poético mediante el cual se exalta Andalucía a lo universal. El humilde pueblo de Moguer, con sus cuadras y sus animales, sus niños y sus hombres, sus agricultores y sus pescadores, su pan y su vino, nos evoca poéticamente los orígenes humildes y la vida de Jesucristo. Así, la historia del amo y el burro se universaliza, por medio de símbolos, en una visión cristiana del destino humano.

Esta obra maestra de la primera época de Juan Ramón, ya lo podemos apreciar mejor, es producto de una rica confluencia de lecturas e influencias: la herencia de Martí y de Darío, del modernismo teológico y del literario, del krausismo español y del simbolismo francés, de la poesía clásica y de la moderna, de la poesía popular y de la culta. Pero quizá las aguas más vitales para la inspiración de *Platero* son aquellas que fluyen de Tomás de Kempis, la Biblia y los místicos españoles, «renovados» y «modernizados», como hemos visto, por Renan,

---

30 *Conversaciones con Juan Ramón*, pág. 108.

Loisy y el krausismo español. El carácter literario de *Platero* es un excelente ejemplo de lo que significaba para su autor el modernismo. Entendido en su sentido más amplio, es un movimiento que abarca toda una época e incluye corrientes renovadoras tanto dentro de la iglesia como dentro de la literatura.

Platero y yo también cumple plenamente con la función del arte que exige Francisco Giner: ser una síntesis de «la realidad sensible y su concepción ideal en la fantasía»[31]. La «realidad sensible», en este caso, es la caracterología de Moguer, la psicología cultural en un momento dado de su historia. Y «su concepción ideal en la fantasía» es la elevación de este pueblo andaluz al Ideal de la humanidad, por medio de la imaginación que tiene tanto de ético como de estético[32]. «Estética y ética estética», como le gustaba decir a Juan Ramón.

El krausismo español de la época es fundamental para entender el pensamiento y la ideología del poeta[33]. Vemos su influencia no sólo en *Platero y yo,* sino también en toda la obra del autor. De ahí derivan su aguda sensibilidad social, su fe y confianza en un mundo mejor, su creencia en el progreso y la perfectibilidad humana, y, sobre todo, su constante y creciente amor por el pueblo y por los niños que van a ser, ambos, los protagonistas del porvenir. Del krausismo español deriva, de hecho, el

---

31 «Del género de poesía más propio de nuestro siglo», *Ensayos* (Madrid: Alianza Editorial, 1969), pág. 45.

32 Como bien observa Victor García de la Concha: «Tal dimensión universalizadora, que convierte al *Platero y yo* en la ejemplificación práctica de los ideales de Krause, no elimina, antes bien reclama, el enraizamiento en el medio popular propio», «La prosa de Juan Ramón Jiménez: lírica y drama», *Actas del Congreso internacional conmemorativo del centenario de Juan Ramón Jiménez,* tomo I, Huelva, Instituto de Estudios Onubeses, 1983, pág. 109.

33 Para la profunda influencia krausista e institucionalista sobre Juan Ramón, deben consultarse, además de los buenos trabajos de Cardwell, los importantes estudios de Gilbert Azam, *L'œuvre de Juan Ramón Jiménez,* Université de Lille, Paris-Lille, 1980, y Francisco Javier Blasco Pascual, *La poética de Juan Ramón Jiménez,* Salamanca , 1981.

«regeneracionismo» de *Platero*. Aquí se ve claramente cómo Juan Ramón suscribe la filosofía social de sus maestros: la renovación de la vida cristiana es necesaria para la regeneración social y política del país.

> Del éxito de tal misión depende nada menos que la salvación del pueblo español [34].

Ya podemos situar mejor a *Platero* dentro de la totalidad de la vida y obra de su autor: Moguer, Madrid, Nueva York, Argentina, Puerto Rico («tierra jemela de mi Andalucía»). Esta larga y enriquecedora trayectoria revela una constante preocupación por los niños. El poeta sabe, como Francisco Giner, que los niños son la primera esperanza del futuro en tiempos de paz, y las primeras víctimas en tiempos de guerra. Por eso, no está nunca ausente de su obra la preocupación por la paz y por la justicia, intensificada después de su salida definitiva de España. En *Platero y yo, Diario de un poeta reciéncasado, Españoles de tres mundos, El trabajo gustoso* —Moguer, Nueva York, Madrid, España, las Américas— está el poeta todo entero, arraigado en su pueblo y tierra, iluminando con su arte el contraste entre lo real y lo ideal, y soñando siempre con la aurora de un más claro porvenir.

[34] López-Morillas, *Hacia el 98...*, pág. 159.

Esta edición

Como el mismo Juan Ramón nos ha indicado, *Platero* fue escrito casi en su totalidad entre 1906 y 1912. La primera edición, llamada «menor», la publicó la editorial La Lectura, en la Navidad de 1914. En enero de 1917, se publicó la primera edición completa en la Biblioteca Calleja, de Madrid. Aunque casi siempre pasa el texto de 1914 al de 1917, corregido y aumentado (con una sola excepción que indicaremos en las notas), conviene destacar la enorme diferencia que existe entre estas dos ediciones. El autor nos advierte que la primera «no era sino una selección hecha por los editores (y que luego ha servido de modelo para las ediciones menores) del libro completo». Efectivamente, los editores escogieron sólo 64 capítulos de los 136 que Juan Ramón ya tenía escritos, dándoles, además, un orden totalmente diferente de la siguiente edición de Calleja. La primera edición completa, pues, es también la primera que refleja en su estructura la intención artística del autor, y consta de los 136 originales más los dos últimos capítulos (CXXXVII, «Platero de cartón», y CXXXVIII, «A Platero en su tierra», fechadas, respectivamente, en Madrid, 1915, y Moguer, 1916). Es ésta la edición que ha servido de base para todas las ediciones sucesivas. Nosotros hemos seguido fielmente esta edición de Calleja de 1917, corrigiendo sólo unas pocas erratas de este espléndido texto, tan cuidadosamente preparado por Juan Ramón.

El lector notará que en esta edición de *Platero,* a desemejanza de las obras posteriores, Juan Ramón emplea la ortografía normal, reconocida por la Academia española. Se debe advertir, sin embargo, que en la «Introducción» de esta edición, cuando se citan obras de la segunda época, se respeta, siguiendo la costumbre, la peculiar ortografía del poeta.

Como se verá en el «Prólogo a la nueva edición» de *Platero* (incluido en los apéndices), el autor indica su proyecto de darle a *Platero* «otra forma», corrigiéndolo «de modo natural y directo». Ricardo Gullón ha recogido y estudiado muchas de estas correcciones a *Platero y yo,* conforme consta en dos ejemplares (la edición de Espasa-Calpe, Buenos Aires, 1937, y la de Losada, Buenos Aires, 1942) y en otro libro *(Verso y prosa para niños,* La Habana, 1937) y en papeles diversos conservados en la Sala de la Universidad de Puerto Rico donde se guarda el archivo y biblioteca donado por Juan Ramón y Zenobia[1]. (Todas estas correcciones y anotaciones son inéditas y representan un proyecto no realizado de su autor.) Nosotros hemos decidido no incluir estas variantes en la presente edición. Pertenecen a otra época y reflejan una sensibilidad que ya no es la misma. Por razones históricas y estéticas, implícitas en nuestra «Introducción», queremos respetar la integridad de la primera edición completa, obra maestra de la primera época de Juan Ramón.

Sin embargo, para cualquier estudioso interesado especialmente en la evolución artística de Juan Ramón, el trabajo de Gullón es importante y debe ser consultado. Incluso, en algunas pocas ocasiones, cuando las variantes aclaran algo excepcionalmente interesante (de contenido más que de estilo), nos hemos permitido señalarlas en las notas de la presente edición.

En cuanto a éstas, hemos intentado identificar, en los casos más importantes, algunos de los nombres y lugares de Moguer que aparecen en *Platero*. Pese al carácter lírico e imaginativo de la obra, refleja muy fiel, y quizá sorprendentemente, la verdadera toponimia de Moguer y sus alrededores en la provincia de Huelva. En esta tarea de identificación y aclaración de la «biografía» de

---

[1] *Papeles de Son Armadans,* XVI (1960), págs. 9-40, 127-156, y 246-290.

Moguer, tanto como la del poeta, nos hemos basado mucho en los valiosos libros (incluidos en la bibliografía) de Francisco Garfias, Graciela Palau de Nemes y Antonio Campoamor González.

Me complazco mucho en agradecer a don Francisco H.-Pinzón Jiménez, sobrino del poeta, la copia y envío de diversos manuscritos y materiales inéditos, pertenecientes a *Platero, y* la autorización para publicar tres valiosos documentos incluidos en los apéndices de esta edición. Dos de ellos, «Prólogo a la nueva edición» y «La muerte de Platero», aunque conservan claramente carácter de borrador, constituyen precioso testimonio de los orígenes de *Platero y* de la profunda amistad que existía entre Francisco Giner y Juan Ramón.

El tercer texto es un prólogo original del autor para la edición de *Platero,* publicado sin traducir en Francia (París, Librairie des Éditions Espagnoles, 1953). Es un documento indispensable por su recuento de las ediciones de *Platero y* por su recuerdo, una vez más, de Francisco Giner[2].

Agradecimientos

Quisiera agradecer a mi amigo y colega, don Francisco H.-Pinzón Jiménez su generosa y constante ayuda y agradecer, muy especialmente, a mi ayudante, Carmiña Palerm, su amable e indispensable trabajo en la realización de esta nueva edición.

---

[2] Entre papeles que constituyen el original (parte del original) para una edición revisada de *Platero y yo,* que nunca llegó a ver la luz, Ricardo Gullón copia íntegramente la nueva dedicatoria a don Francisco Giner de los Ríos: «A Francisco Giner, que amó y divulgó tanto ya en sus últimos días mi primer Platero, en su día de la eternidad en el Paraíso de la aurora», *PSA,* XVI (1960), pág. 29.

Bibliografía

CAMPOAMOR GONZÁLEZ, Antonio, *Bibliografía general de Juan Ramón Jiménez*. Madrid, Taurus, 1983.

NAHARRO-CALDERÓN, J. M., «Bibliografía de y sobre Juan Ramón Jiménez», *Juan Ramón Jiménez: Configuración poética de la obra. Estudios y documentación, Suplementos,* número 11. Barcelona: Anthropos, 1989, págs. 146-152.

EDICIONES DE «PLATERO Y YO»[1]

Platero y yo, elegía andaluza, Madrid, Ediciones la Lectura, 1914.

Platero y yo (1907-1916). Primera edición completa. Madrid, Editorial Calleja, 1917.

Platero y yo, Edición, con «Introducción», de Francisco López Estrada. Madrid, Plaza y Janés, 1986.

Platero y yo, Edición, con «Introducción», de Richard A. Cardwell. Madrid, Ed. Espasa-Calpe, col. Austral, 1988.

Platero y yo, Edición, con «Introducción», de Antonio A. Gómez Yebra. Madrid, Editorial Castalia, 1992.

---

[1] Se incluyen aquí sólo las primeras ediciones fundamentales de *Platero y yo* y las más recientes e importantes. Para el recuento más completo de todas las ediciones de *Platero,* veáse la comprehensiva *Bibliografía* de A. Campoamor.

Alerta. Ed. de Francisco Javier Blasco Pascual, Universidad de Salamanca, 1982.

El andarín de su órbita, Ed. de Francisco Garfias, Madrid, Novelas y cuentos, 1974.

Antolojía general en prosa (1898-1954), Ed. de Ángel Crespo y de Pilar Gómez Bedate, Madrid, Biblioteca Nueva, 1981.

La colina de los chopos, Ed. de Francisco Garfias, Madrid, Taurus, 1965.

Con el carbón del sol, Ed. de Francisco Garfias, Madrid, Magisterio Español, 1973.

La corriente infinita, Ed. de Francisco Garfias, Madrid, Aguilar, 1961.

Cuadernos, Ed. de Francisco Garfias, Madrid, Taurus, 1960.

Diario de un poeta reciéncasado, Madrid, Calleja, 1917. Véase, sobre todo, la prosa de las partes tercera y sexta.

Elegías andaluzas, Ed. de Arturo del Villar, Barcelona, Bruguera, 1980.

Españoles de tres mundos (1914-1940), Buenos Aires, Losada, 1942. Véase la edición de Ricardo Gullón. Madrid, Aguilar, 1969.

Guerra en España (1936-1953), Ed. de Ángel Crespo, Barcelona, Seix Barral, 1985.

Historias y cuentos, Ed. de Arturo del Villar, Barcelona, Bruguera, 1979.

Ideolojía (1897-1954), Ed. de Antonio Sánchez Romeralo, Barcelona, Anthropos, 1990.

Isla de la simpatía, Ed. de Arcadio Díaz Quiñones y Raquel Sárraga, Río Piedras, Ediciones Huracán, 1981.

Libros de Prosa, I, Ed. de Francisco Garfias, Madrid, Aguilar, 1969.

Mi Rubén Darío, Ed. de Antonio Sánchez Romeralo, Moguer, Fundación Juan Ramón Jiménez, 1990.

El modernismo. Notas de un curso (1953), Ed. de Ricardo Gullón y Eugenio Fernández Méndez, Madrid, Aguilar, 1962.

Política poética, Ed. de Germán Bleiberg, Madrid, Alianza, 1982.

Por el cristal amarillo, Ed. de Francisco Garfias, Madrid, Aguilar, 1961.

Primeras Prosas, Ed. de Francisco Garfias, Madrid, Aguilar, 1962.

Sevilla, Ed. de Francisco Garfias, Sevilla, Colección Ixbiliah, 1963.

Tercera Antolojía Poética, Texto al cuidado de Eugenio Florit, Madrid, Biblioteca Nueva, 1957. Véase la prosa de *Dios deseado y deseante* (1949) y *Ríos que se van* (1951-1954).

Tiempo y Espacio, Ed. de Arturo del Villar, Madrid, Editorial EDAF, 1986.

El trabajo gustoso (Conferencias), Ed. de Francisco de Garfias, México, Aguilar, 1961.

Y para recordar por qué he venido, Ed. de Francisco Javier Blasco Pascual, Valencia, Pre-Textos, 1990.

CARTAS DE JUAN RAMON JIMÉNEZ

Cartas, Ed. de Francisco Garfias, Madrid, Aguilar, 1962.

Selección de cartas (1899-1958), Prólogo de Francisco Garfias, Barcelona, Ediciones Picazo, 1973.

Cartas Antología, Ed. de Francisco Garfias, Madrid, Espasa-Calpe, 1992.

BERMÚDEZ-CANÊTE, Federico, «Notas sobre la prosa poética en Juan Ramón Jiménez», *Cuadernos Hispanoamericanos,* núms. 376-378 (octubre-diciembre 1981), págs. 768-776.

BLASCO PASCUAL, Francisco Javier, «Introducción» a *Juan Ramón Jiménez: Selección de prosa lírica,* Madrid, Espasa-Calpe, Col. Austral, 1990.

CARDWELL, RICHARD A., «"The Universal Andalusian", "The Zealous Andalusian", and "The Andalusian Elegy», *Studies in Twentieth-Century Literature,* Vol. 7 (1983), págs. 201-224.

DÍAZ-PLAJA, Guillermo, *El poema en prosa en España: estudio crítico y antología,* Barcelona, Gustavo Gili, 1956.

FONT, María Teresa, *Espacio: Autobiografía lírica de Juan Ramón Jiménez,* Madrid, Ínsula, 1972.

GARCÍA DE LA CONCHA, Víctor, «La prosa de Juan Ramón Jiménez: lírica y drama», *Actas del Congreso internacional conmemorativo del centenario de Juan Ramón Jiménez,* tomo I, Huelva, Instituto de Estudios Onubenses, 1983, págs. 97-115.

GÓMEZ YEBRA, Antonio A., «La figura del niño en *Platero y yo*», *Juan Ramón Jiménez: Poesía total y obra en marcha,* Barcelona, Anthropos, 1991, págs. 387-395.

GULLÓN, Ricardo, «*Platero,* revivido», *Papeles de Son Armadans,* XIV (1960), págs. 9-40, 127-156 y 246-290.

MARÍAS, Julián, «*Platero y yo* o la soledad comunicada», *La Torre,* año V, núms. 19-20 (julio-diciembre 1957), páginas 381-395.

NAJT, Myriam y REYZABAL, María Victoria, «Colaboradores y oponentes del "yo" poético en *Platero y yo*», *Cuadernos Hispanoamericanos,* núms. 376-378 (octubre-diciembre 1981), págs. 748-767.

PALAU DE NEMES, Graciela, «Zenobia, *Platero* y Tagore», capítulo XVIII, *Vida y obra de Juan Ramón Jiménez,* tomo II. Madrid, Gredos, 1974, págs. 539-568.

PREDMORE, Michael P., *La obra en prosa de Juan Ramón Jiménez,* 2.ª ed. ampliada, Madrid, Gredos, 1975.

— «Juan Ramón Jiménez's Second Portrait of Antonio Machado», *MLN,* 80 (1965), págs. 265-270.

SALGADO, María Antonia, *El arte polifacético de las «caricaturas líricas» juanramonianas,* Madrid, Ínsula, 1968.

SHEEHAN, Robert Louis, «El "Género Platero" de Juan Ramón Jiménez», *Cuadernos Hispanoamericanos,* núms. 376-378 (octubre-diciembre 1981), págs. 731-743.

URRUTIA, Jorge, «Sobre la práctica prosística de Juan Ramón Jiménez y sobre el género de *Platero y yo*», *Cuadernos Hispanoamericanos,* núms. 376-378 (octubre-diciembre 1981), págs. 716-730.

VIENTÓS GASTÓN, Nilita, «Platero y yo», *La Torre,* año V, números 19-20 (julio-diciembre 1957), págs. 397-403.

VILLAR, Arturo del, *Crítica paralela: Estudio, notas y comentarios de texto,* Madrid, Narcea, S.A. de Ediciones, 1975.

YOUNG, Howard T, «Génesis y forma de "Espacio" de Juan Ramón Jiménez», *Revista Hispánica Moderna,* XXXIV (1968), págs. 462-470.

ESTUDIOS GENERALES

AZAM, Gilbert, *L'œuvre de Juan Ramón Jiménez.* Université de Lille, París-Lille, 1980, trad. cast., Madrid, Editora Nacional, 1983.

— «Concepto y praxis de la política en Juan Ramón Jiménez», *Cuadernos Hispanoamericanos,* núms. 376-378 (octubre-diciembre 1981), págs. 356-378.

ALBORNOZ, Aurora de, «Juan Ramón Jiménez, Cuba, Lezama Lima y otros poetas cubanos», *Ínsula*, núms. 416-417 (julio-agosto 1981), pág. 7.

— ed. *Juan Ramón Jiménez*, El Escritor y la Crítica, Madrid, Taurus, 1981.

BLASCO PASCUAL, Francisco Javier, *La poética de Juan Ramón Jiménez: Desarrollo, contexto y sistema*, Salamanca, Ediciones Universidad de Salamanca, 1981.

CAMPOAMOR GONZÁLEZ, Antonio, *Vida y poesía de Juan Ramón Jiménez*, Madrid, Sedmay, 1976.

CAMPRUBÍ, Zenobia, *Vivir con Juan Ramón*, Ed. de Arturo del Villar, Madrid, Los Libros de Fausto, 1986.

CARDWELL, Richard A., *Juan Ramón Jiménez: The Modernist Apprenticeship* (1895-1900), Berlín, Colloquium Verlag, 1977.

— «Juan Ramón, Ortega y los Intelectuales», *Hispanic Review*, 53 (1985), págs. 329-350.

— «La "genealogía" del modernismo juanramoniano», *Juan Ramón Jiménez: Poesía total y obra en marcha*, Barcelona, Anthropos, 1991, págs. 86-106.

COLE, Leo, *The Religious Instinct in the Poetry of Juan Ramón Jiménez*, Oxford, The Dolphin Book Co., 1967.

CRESPO, Ángel, *Juan Ramón Jiménez y la pintura*, San Juan, Universidad de Puerto Rico, 1974.

— "Guerra en España", La actitud política de Juan Ramón Jiménez», *Ínsula*, núms. 416-417 (julio-agosto 1981), página 11.

DÍAZ-CANEDO, Enrique, *Juan Ramón Jiménez en su obra*, México, El Colegio de México, 1944.

FOGELQUIST, Donald F., *Juan Ramón Jiménez*, Boston, Twayne Publishers, 1976.

GAOS, Vicente, ed., *Antología poética.* De Juan Ramón Jiménez, Madrid, Cátedra, 1975.

GARFIAS, Francisco, *Juan Ramón Jiménez,* Madrid, Taurus, 1958.

GUERRERO RUIZ, Juan, *Juan Ramón Jiménez de viva voz,* Madrid, Ínsula, 1958.

GULLÓN, Ricardo, *Conversaciones con Juan Ramón,* Madrid, Taurus, 1958.

— *Direcciones del Modernismo,* Madrid, Gredos, 1963.

— *Estudios sobre Juan Ramón Jiménez,* Buenos Aires, Losada, 1960.

— *La invención del 98 y otros ensayos,* Madrid, Gredos, 1969.

— ed. *Relaciones entre Antonio Machado y Juan Ramón Jiménez,* Università di Pisa, 1964.

H.-PINZÓN JIMÉNEZ, Francisco, «Dos cartas sobre un "Retrato"», *Cuadernos de Zenobia y Juan Ramón,* 8, Madrid, Los Libros de Fausto, 1993, págs. 72-84.

ONÍS, Federico de, *Antología de la poesía española e hispanoamericana,* Madrid, Junta para Ampliación de Estudios e Investigaciones Científicas, 1934.

PALAU DE NEMES, Graciela, *Vida y obra de Juan Ramón Jiménez,* Madrid, Gredos, 1957, 2.ª ed. completamente renovada en dos tomos, 1974.

— «Juan Ramón Jiménez: Of Naked Poetry and the Master Poet (1916-1936)», *Studies in Twentieth-century Literature,* volumen 7 (1983), págs. 125-146.

PRAT, Ignacio, *El muchacho despatriado,* Madrid, Taurus, 1987.

PREDMORE, Michael P., *La poesía hermética de Juan Ramón Jiménez: El «Diario» como centro de su mundo poético,* Madrid, Gredos, 1973.

SÁNCHEZ-BARBUDO, Antonio, *La segunda época de Juan Ramón Jiménez,* Madrid, Gredos, 1962.

SÁNCHEZ ROMERALO, Antonio, «Ideología (1897-1954), Volumen IV de Metamorfosis (Necesidad y razones de una edición)», *Juan Ramón Jiménez: Poesía total y obra en marcha,* Barcelona, Anthropos, 1991, págs. 163-200.

SANTOS-ESCUDERO, Ceferino, *Símbolos y Dios en el último Juan Ramón Jiménez (El influjo oriental en «Dios deseado y deseante»),* Madrid, Gredos, 1975.

SAZ-OROZCO, Carlos del, *Desarrollo del concepto de Dios en el pensamiento religioso de Juan Ramón Jiménez,* Madrid, Razón y Fe, 1966.

URRUTIA, Jorge, «Sobre la formación ideológica del joven Juan Ramón Jiménez», *Archivo Hispalense,* 199 (1982), páginas 207-231.

— «La prehistoria poética de Juan Ramón Jiménez: Confesiones y diferencias», *Juan Ramón Jiménez: Poesía total y obra en marcha,* Barcelona, Anthropos, 1991, págs. 41-60.

YOUNG, Howard. T., *Juan Ramón Jiménez,* Nueva York, Columbia University Press, 1967.

— *The Line in the Margin: Juan Ramón Jiménez and his Readings in Blake, Shelley and Yeats,* Madison, University of Wisconsin Press, 1980.

— «Introduction: Juan Ramón Jiménez (1881-1958): A Perspective», *Studies in Twentieth-Century Literature,* Vol. 7 (1983), págs. 107-113.

Platero y yo
(Elegía andaluza)
1907-1916

A

LA MEMORIA DE

AGUEDILLA

LA POBRE LOCA DE LA CALLE DEL SOL
QUE ME MANDABA MORAS Y CLAVELES

[LA nota que sigue fue escrita para la edición escogida de «Platero y yo» que publicó la biblioteca «Juventud» (Ediciones de «La Lectura», Madrid) en Navidad de 1914:

ADVERTENCIA A LOS HOMBRES QUE LEAN ESTE LIBRO PARA NIÑOS

ESTE breve libro, en donde la alegría y la pena son gemelas, cual las orejas de Platero, estaba escrito para... ¡qué sé yo para quién!... para quien escribimos los poetas líricos... Ahora que va a los niños, no le quito ni le pongo una coma. ¡Qué bien!

«Dondequiera que haya niños—dice Novalis—, existe una edad de oro.» Pues por esa edad de oro, que es como una isla espiritual caída del cielo, anda el corazón del poeta, y se encuentra allí tan a su gusto, que su mejor deseo sería no tener que abandonarla nunca.

¡Isla de gracia, de frescura y de dicha, edad de oro de los niños; siempre te halle yo en mi vida, mar de duelo; y que tu brisa me dé su lira, alta y, a veces, sin sentido, igual que el trino de la alondra en el sol blanco del amanecer!

EL POETA

Madrid, 1914.]

I

PLATERO[1]

PLATERO es pequeño, peludo, suave; tan blando por fuera, que se diría todo de algodón, que no lleva huesos. Sólo los espejos de azabache de sus ojos son duros cual dos escarabajos de cristal negro.

Lo dejo suelto, y se va al prado, y acaricia tibiamente con su hocico, rozándolas apenas, las florecillas rosas, celestes y gualdas... Lo llamo dulcemente: «¿Platero?», y viene a mí con un trotecillo alegre que parece que se ríe, en no sé qué cascabeleo ideal...

Come cuanto le doy. Le gustan las naranjas, mandarinas, las uvas moscateles, todas de ámbar, los higos morados, con su cristalina gotita de miel...

Es tierno y mimoso igual que un niño, que una niña...; pero fuerte y seco por dentro, como de piedra. Cuando paso sobre él, los domingos, por las últimas callejas del pueblo, los hombres del campo, vestidos de limpio y despaciosos, se quedan mirándolo:

—Tien' asero...

Tiene acero. Acero y plata de luna, al mismo tiempo.

---

1 Nombre general de una clase de burro, burro color de plata. Véase el Apéndice I.

II

MARIPOSAS BLANCAS

LA noche cae, brumosa ya y morada. Vagas claridades malvas y verdes perduran tras la torre de la iglesia. El camino sube, lleno de sombras, de campanillas, de fragancia de yerba, de canciones, de cansancio y de anhelo. De pronto, un hombre oscuro, con una gorra y un pincho, roja un instante la cara fea por la luz del cigarro, baja a nosotros de una casucha miserable, perdida entre sacas de carbón. Platero se amedrenta.

—¿Ba argo?

—Vea usted... Mariposas blancas...

El hombre quiere clavar su pincho de hierro en el seroncillo, y no lo evito. Abro la alforja y él no ve nada. Y el alimento ideal pasa, libre y cándido, sin pagar su tributo a los Consumos...[2].

---

[2] Impuesto municipal sobre ciertos géneros introducidos en una población para su venta y consumo. Importa saber también que Moguer era cabeza de su distrito marítimo y, como tal, la aduana marítima.

III

JUEGOS DEL ANOCHECER

CUANDO, en el crepúsculo del pueblo, Platero y yo entramos, ateridos, por la oscuridad morada de la calleja miserable que da al río seco, los niños pobres juegan a asustarse, fingiéndose mendigos. Uno se echa un saco a la cabeza, otro dice que no ve, otro se hace el cojo...

Después, en ese brusco cambiar de la infancia, como llevan unos zapatos y un vestido, y como sus madres, ellas sabrán cómo, les han dado algo de comer, se creen unos príncipes:

—Mi pare tié un reló e plata.

—Y er mío, un cabayo.

—Y er mío, una ejcopeta.

Reloj que levantará a la madrugada, escopeta que no matará el hambre, caballo que llevará a la miseria...

El corro, luego. Entre tanta negrura una niña forastera, que habla de otro modo, la sobrina del Pájaro Verde[3], con voz débil, hilo de cristal acuoso en la sombra, canta entonadamente, cual una princesa:

Yo soy laaa viudiiitaa[4]
del Condeee de Oréé...

... ¡Sí, sí! ¡Cantad, soñad, niños pobres! Pronto, al amanecer vuestra adolescencia, la primavera os asustará, como un mendigo, enmascarada de invierno.

—Vamos, Platero...

---

[3] «El Pájaro Verde», mote dado a un hombre solitario que habitaba una casita de la calleja a que daba la puerta falsa de la casa que tenía la familia de Juan Ramón en la calle Nueva (véase la nota 18). «Cuando salía vestía su pálida delgadez alta con un traje brillante, entre verde y ocre, no sé si en sí o del tiempo, chaqué muy ajustado todo y corto y andaba así siempre pegado a las paredes como un hilo de enredadera», nota que aparece en un borrador del poeta. Agradezco a don Francisco H.-Pinzón Jiménez la comunicación de estos datos.

[4] «La viudita», un juego infantil para niñas en que las jugadoras, en número impar, forman corro cogidas de la mano, quedando dentro de

IV

EL ECLIPSE

NOS metimos las manos en los bolsillos, sin querer, y la frente sintió el fino aleteo de la sombra fresca, igual que cuando se entra en un pinar espeso. Las gallinas se fueron recogiendo en su escalera amparada, una a una. Alrededor, el campo enlutó su verde, cual si el velo morado del altar mayor lo cobijase. Se vio, blanco, el mar lejano, y algunas estrellas lucieron, pálidas. ¡Cómo iban trocando blancura por blancura las azoteas! Los que estábamos en ellas nos gritábamos cosas de ingenio mejor o peor, pequeños y oscuros en aquel silencio reducido del eclipse.

Mirábamos el sol con todo: con los gemelos de teatro, con el anteojo de larga vista, con una botella, con un cristal ahumado; y desde todas partes: desde el mirador, desde la escalera del corral, desde la ventana del granero, desde la cancela del patio, por sus cristales granas y azules...

Al ocultarse el sol que, un momento antes, todo lo hacía dos, tres, cien veces más grande y mejor con sus complicaciones de luz y oro, todo, sin la transición larga del crepúsculo, lo dejaba solo y pobre, como si hubiera cambiado onzas primero y luego plata por cobre. Era el pueblo como un perro chico, mohoso y ya sin cambio. ¡Qué tristes y qué pequeñas las calles, las plazas, la torre, los caminos de los montes!

Platero parecía, allá en el corral, un burro menos verdadero, diferente y recortado; otro burro...

---

la rueda una niña que es la *viuda*. Para más información y ejemplos de juegos infantiles, puede consultarse la sección «Juegos infantiles de Extremadura», recogidos en la *Biblioteca de las tradiciones populares españolas* (Sevilla, 1884), dirigida por Antonio Machado y Álvarez.

V

ESCALOFRÍO

LA luna viene con nosotros, grande, redonda, pura. En los prados soñolientos se ven, vagamente, no sé qué cabras negras, entre las zarzamoras... Alguien se esconde, tácito, a nuestro pasar... Sobre el vallado, un almendro inmenso, níveo de flor y de luna, revuelta la copa con una nube blanca, cobija el camino asaeteado de estrellas de marzo... Un olor penetrante a naranjas... humedad y silencio... La cañada de las Brujas...

—¡Platero, qué... frío!

Platero, no sé si con su miedo o con el mío, trota, entra en el arroyo, pisa la luna y la hace pedazos. Es como si un enjambre de claras rosas de cristal se enredara, queriendo retenerlo, a su trote...

Y trota Platero, cuesta arriba, encogida la grupa cual si alguien le fuese a alcanzar, sintiendo ya la tibieza suave, que parece que nunca llega, del pueblo que se acerca...

VI

LA MIGA[5]

SI tú vinieras, Platero, con los demás niños, a la miga, aprenderías el a, b, c, y escribirías palotes. Sabrías tanto como el burro de las Figuras de cera —el amigo de la Sirenita del Mar[6], que aparece coronado de flores de trapo, por el cristal que muestra a ella, rosa toda, carne y oro, en su verde elemento—; más que el médico y el cura de Palos[7], Platero.

Pero, aunque no tienes más que cuatro años, ¡eres tan grandote y tan poco fino! ¿En qué sillita te ibas a sentar tú, en qué mesa ibas tú a escribir, qué cartilla ni qué pluma te bastarían, en qué lugar del corro ibas a cantar, di, el Credo?

No. Doña Domitila —de hábito de Padre Jesús de Nazareno, morado todo con el cordón amarillo, igual que Reyes, el besuguero—, te tendría, a lo mejor, dos horas de rodillas en un rincón del patio de los plátanos, o te daría con su larga caña seca en las manos, o se comería la carne de membrillo de tu merienda, o te pondría un papel ardiendo bajo el rabo y tan coloradas y tan calientes las orejas como se le ponen al hijo del aperador cuando va a llover...

---

5 El kindergarten de doña Benita Barroeta y Escudero, al que asistió Juan Ramón entre los cuatro y los seis años de edad.

6 «La Sirenita del Mar» y las «Figuras de cera» son espectáculos o exhibiciones de ferias, que van de pueblo en pueblo en sus fiestas. Escribe Juan Ramón en un borrador que pertenece a «Recuerdos, Entes y Sombras de mi infancia»: «Al oscurecer, yo iba corriendo, escapado, todas las tardes, a la feria a ver la Sirenita del Mar.» Agradezco a don Francisco H.-Pinzón Jiménez la comunicación de estos datos.

7 Palos de la Frontera, pequeño pueblo situado a unos kilómetros al sur de Moguer. De su antiguo puerto salió Colón en su primer viaje para América.

No, Platero, no. Vente tú conmigo. Yo te enseñaré las flores y las estrellas. Y no se reirán de ti como de un niño torpón, ni te pondrán, cual si fueras lo que ellos llaman un burro, el gorro de los ojos grandes ribeteados de añil y almagra, como los de las barcas del río, con dos orejas dobles que las tuyas.

un borrador = ?,
merienda = ?,

VII

EL LOCO

VESTIDO de luto, con mi barba nazarena y mi breve sombrero negro, debo cobrar un extraño aspecto cabalgando en la blandura gris de Platero.

Cuando, yendo a las viñas, cruzo las últimas calles, blancas de cal con sol, los chiquillos gitanos, aceitosos y peludos, fuera de los harapos verdes, rojos y amarillos, las tensas barrigas tostadas, corren detrás de nosotros, chillando largamente:

—¡El loco! ¡El loco! ¡El loco!

... Delante está el campo, ya verde. Frente al cielo inmenso y puro, de un incendiado añil, mis ojos —¡tan lejos de mis oídos!— se abren noblemente, recibiendo en su calma esa placidez sin nombre, esa serenidad armoniosa y divina que vive en el sin fin del horizonte...

Y quedan, allá lejos, por las altas eras, unos agudos gritos, velados finamente, entrecortados, jadeantes, aburridos:

—¡El lo... co! ¡El lo... co!

VIII

JUDAS

¡NO te asustes, hombre! ¿Qué te pasa? Vamos, quietecito... Es que están matando a Judas, tonto.

Sí, están matando a Judas. Tenían puesto uno en el Monturrio[8], otro en la calle de Enmedio, otro, ahí, en el Pozo del Concejo. Yo los vi anoche, fijos como por una fuerza sobrenatural en el aire, invisible en la oscuridad la cuerda que, de doblado a balcón, los sostenía. ¡Qué grotescas mescolanzas de viejos sombreros de copa y mangas de mujer, de caretas de ministros y miriñaques, bajo las estrellas serenas! Los perros les ladraban sin irse del todo, y los caballos, recelosos, no querían pasar bajo ellos...

Ahora las campanas dicen, Platero, que el velo del altar mayor se ha roto. No creo que haya quedado escopeta en el pueblo sin disparar a Judas. Hasta aquí llega el olor de la pólvora. ¡Otro tiro! ¡Otro!

... Sólo que Judas, hoy, Platero, es el diputado, o la maestra, o el forense, o el recaudador, o el alcalde, o la comadrona; y cada hombre descarga su escopeta cobarde, hecho niño esta mañana del Sábado Santo, contra el que tiene su odio, en una superposición de vagos y absurdos simulacros primaverales.

[8] Calle en las afueras del pueblo, en el barrio de los labradores.

IX

LAS BREVAS

FUE el alba neblinosa y cruda, buena para las brevas, y, con las seis, nos fuimos a comerlas a la Rica.

Aún, bajo las grandes higueras centenarias, cuyos troncos grises enlazaban en la sombra fría, como bajo una falda, sus muslos opulentos, dormitaba la noche; y las anchas hojas —que se pusieron Adán y Eva— atesoraban un fino tejido de perlillas de rocío que empalidecía su blanda verdura. Desde allí dentro se veía, entre la baja esmeralda viciosa, la aurora que rosaba, más viva cada vez, los velos incoloros del oriente.

... Corríamos, locos, a ver quién llegaba antes a cada higuera. Rociillo cogió conmigo la primera hoja de una, en un sofoco de risas y palpitaciones. —Toca aquí. Y me ponía mi mano, con la suya, en su corazón, sobre el que el pecho joven subía y bajaba como una menuda ola prisionera—. Adela apenas sabía correr, gordinflona y chica, y se enfadaba desde lejos. Le arranqué a Platero unas cuantas brevas maduras y se las puse sobre el asiento de una cepa vieja, para que no se aburriera.

El tiroteo lo comenzó Adela, enfadada por su torpeza, con risas en la boca y lágrimas en los ojos. Me estrelló una breva en la frente. Seguimos Rociillo y yo y, más que nunca por la boca, comimos brevas por los ojos, por la nariz, por las mangas, por la nuca, en un griterío agudo y sin tregua, que caía, con las brevas desapuntadas, en las viñas frescas del amanecer. Una breva le dio a Platero, y ya fue él blanco de la locura. Como el infeliz no podía defenderse ni contestar, yo tomé su partido; y un diluvio blando y azul cruzó el aire puro, en todas direcciones, como una metralla rápida.

Un doble reír, caído y cansado, expresó desde el suelo el femenino rendimiento.

X

¡ÁNGELUS![9]

MIRA, Platero, qué de rosas caen por todas partes: rosas azules, rosas, blancas, sin color... Diríase que el cielo se deshace en rosas. Mira cómo se me llenan de rosas la frente, los hombros, las manos... ¿Qué haré yo con tantas rosas?

¿Sabes tú, quizás, de dónde es esta blanda flora, que yo no sé de dónde es, que enternece, cada día, el paisaje y lo deja dulcemente rosado, blanco y celeste —más rosas, más rosas—, como un cuadro de Fra Angélico[10], el que pintaba la gloria de rodillas?

De las siete galerías del Paraíso se creyera que tiran rosas a la tierra. Cual en una nevada tibia y vagamente colorida, se quedan las rosas en la torre, en el tejado, en los árboles. Mira: todo lo fuerte se hace, con su adorno, delicado. Más rosas, más rosas, más rosas...

Parece, Platero, mientras suena el Ángelus, que esta vida nuestra pierde su fuerza cotidiana, y que otra fuerza de adentro, más altiva, más constante y más pura, hace que todo, como en surtidores de gracia, suba a las estrellas, que se encienden ya entre las rosas... Más rosas... Tus ojos, que tú no ves, Platero, y que alzas mansamente al cielo, son dos bellas rosas.

---

[9] Oración que se reza por la mañana, al mediodía y al anochecer en honor de la Encarnación.

[10] Fra Angélico (1387-1455), pintor italiano y religioso dominico. Se le considera un precursor del Renacimiento. Decoró, con frescos, San Marcos de Florencia y el Vaticano.

XI

EL MORIDERO

TÚ, si te mueres antes que yo, no irás Platero mío, en el carrillo del pregonero, a la marisma inmensa, ni al barranco del camino de los montes, como los otros pobres burros, como los caballos y los perros que no tienen quien los quiera. No serás, descarnadas y sangrientas tus costillas por los cuervos —tal la espina de un barco sobre el ocaso grana—, el espectáculo feo de los viajantes de comercio que van a la estación de San Juan[11], en el coche de las seis; ni, hinchado y rígido entre las almejas podridas de la gavia, el susto de los niños que, temerarios y curiosos, se asoman al borde de la cuesta, cogiéndose a las ramas, cuando salen, las tardes de domingo, al otoño, a comer piñones tostados por los pinares.

Vive tranquilo, Platero. Yo te enterraré al pie del pino grande y redondo del huerto de la Piña[12], que a ti tanto te gusta. Estarás al lado de la vida alegre y serena. Los niños jugarán y coserán las niñas en sus sillitas bajas a tu lado. Sabrás los versos que la soledad me traiga. Oirás cantar a las muchachas cuando lavan en el naranjal y el ruido de la noria será gozo y frescura de tu paz eterna. Y, todo el año, los jilgueros, los chamarices y los verdones te pondrán, en la salud perenne de la copa, un breve techo de música entre tu sueño tranquilo y el infinito cielo de azul constante de Moguer.

---

[11] Estación de ferrocarril en la línea de Huelva a Sevilla.

[12] Para una reproducción fotográfica del pino que cela la tumba de «Platero», véase el libro de Francisco Garfias.

XII

LA PÚA

ENTRANDO en la dehesa de los Caballos, Platero ha comenzado a cojear. Me he echado al suelo...

—Pero, hombre, ¿qué te pasa?

Platero ha dejado la mano derecha un poco levantada, mostrando la ranilla, sin fuerza y sin peso, sin tocar casi con el casco la arena ardiente del camino.

Con una solicitud mayor, sin duda, que la del viejo Darbón, su médico, le he doblado la mano y le he mirado la ranilla roja. Una púa larga y verde, de naranjo sano, está clavada en ella como un redondo puñalillo de esmeralda. Estremecido del dolor de Platero, he tirado de la púa; y me lo he llevado al pobre al arroyo de los lirios amarillos, para que el agua corriente le lama, con su larga lengua pura, la heridilla.

Después, hemos seguido hacia la mar blanca, yo delante, él detrás, cojeando todavía y dándome suaves topadas en la espalda...

XIII

GOLONDRINAS

AHÍ la tienes ya, Platero, negrita y vivaracha en su nido gris del cuadro de la Virgen de Montemayor[13], nido respetado siempre. Está la infeliz como asustada. Me parece que esta vez se han equivocado las pobres golondrinas, como se equivocaron, la semana pasada, las gallinas, recogiéndose en su cobijo cuando el sol de las dos se eclipsó. La primavera tuvo la coquetería de levantarse este año más temprano, pero ha tenido que guardar de nuevo, tiritando, su tierna desnudez en el lecho nublado de marzo. ¡Da pena ver marchitarse, en capullo, las rosas vírgenes del naranjal!

Están ya aquí, Platero, las golondrinas y apenas se las oye, como otros años, cuando el primer día de llegar lo saludan y lo curiosean todo, charlando sin tregua en su rizado gorjeo. Le contaban a las flores lo que habían visto en África, sus dos viajes por el mar, echadas en el agua, con el ala por vela, o en las jarcias de los barcos; de otros ocasos, de otras auroras, de otras noches con estrellas...

No saben qué hacer. Vuelan mudas, desorientadas, como andan las hormigas cuando un niño les pisotea el camino. No se atreven a subir y bajar por la calle Nueva en insistente línea recta con aquel adornito al fin, ni a entrar en sus nidos de los pozos, ni a ponerse en los alambres del telégrafo, que el norte hace zumbar, en su cuadro clásico de carteras, junto a los aisladores blancos... ¡Se van a morir de frío, Platero!

---

[13] Una ermita que estaba en la finca de Ignacia, hermana de Juan Ramón.

XIV

LA CUADRA

CUANDO, al mediodía, voy a ver a Platero, un transparente rayo del sol de las doce enciende un gran lunar de oro en la plata blanda de su lomo. Bajo su barriga, por el oscuro suelo, vagamente verde, que todo lo contagia de esmeralda, el techo viejo llueve claras monedas de fuego.

Diana, que está echada entre las patas de Platero, viene a mí, bailarina, y me pone sus manos en el pecho, anhelando lamerme la boca con su lengua rosa. Subida en lo más alto del pesebre, la cabra me mira curiosa, doblando la fina cabeza de un lado y de otro, con una femenina distinción. Entretanto, Platero, que, antes de entrar yo, me había ya saludado con un levantado rebuzno, quiere romper su cuerda, duro y alegre al mismo tiempo.

Por el tragaluz, que trae el irisado tesoro del cenit, me voy un momento, rayo de sol arriba, al cielo, desde aquel idilio. Luego, subiéndome a una piedra, miro el campo.

El paisaje verde nada en la lumbrarada florida y soñolienta, y en el azul limpio que encuadra el muro astroso, suena, dejada y dulce, una campana.

XV

EL POTRO CASTRADO

ERA negro, con tornasoles granas, verdes y azules, todos de plata, como los escarabajos y los cuervos. En sus ojos nuevos rojeaba a veces un fuego vivo, como en el puchero de Ramona, la castañera de la plaza del Marqués. ¡Repiqueteo de su trote corto, cuando de la Friseta[14] de arena, entraba, campeador, por los adoquines de la calle Nueva![15] ¡Qué ágil, qué nervioso, qué agudo fue, con su cabeza pequeña y sus remos finos!

Pasó, noblemente, la puerta baja del bodegón, más negro que él mismo sobre el colorado sol del Castillo[16], que era fondo deslumbrante de la nave, suelto el andar, juguetón con todo. Después, saltando el tronco de pino, umbral de la puerta, invadió de alegría el corral verde y de estrépito de gallinas, palomos y gorriones. Allí lo esperaban cuatro hombres, cruzados los velludos brazos sobre las camisetas de colores. Lo llevaron bajo la pimienta. Tras una lucha áspera y breve, cariñosa un punto, ciega luego, lo tiraron sobre el estiércol y, sentados todos sobre él, Darbón cumplió su oficio, poniendo un fin a su luctuosa y mágica hermosura.

Thy unus'd beauty must be tomb'd with thee,
Which used, lives th' executor to be[17],

— dice Shakespeare a su amigo.

---

[14] Calle, cerca del cementerio, en el barrio de los labradores.

[15] Calle céntrica y elegante, que capta bien el carácter señoril del pueblo.

[16] Lugar de una de las bodegas, llamada «La Castellana». Aparece también en el capítulo XXVI, «la ciudadela antigua del Castillo», y en el capítulo LI, «la bodega del Castillo».

[17] «En tumba tu belleza no usada ha de yacer,
Que usada, vive para albacea ser»,
(Estos son los últimos dos versos del cuarto soneto de Shakespeare.)

... Quedó el potro, hecho caballo, blando, sudoroso, extenuado y triste. Un solo hombre lo levantó, y tapándolo con una manta, se lo llevó, lentamente, calle abajo.

¡Pobre nube vana, rayo ayer, templado y sólido! Iba como un libro descuadernado. Parecía que ya no estaba sobre la tierra, que entre sus herraduras y las piedras, un elemento nuevo lo aislaba, dejándolo sin razón, igual que un árbol desarraigado, cual un recuerdo, en la mañana violenta, entera y redonda de Primavera.

XVI

LA CASA DE ENFRENTE

¡QUÉ encanto siempre, Platero, en mi niñez, el de la casa de enfrente a la mía! Primero, en la calle de la Ribera[18], la casilla de Arreburra, el aguador, con su corral al sur, dorado siempre de sol, desde donde yo miraba Huelva, encaramándome en la tapia. Alguna vez me dejaban ir, un momento, y la hija de Arreburra, que entonces me parecía una mujer y que ahora, ya casada, me parece como entonces, me daba azamboas y besos... Después, en la calle Nueva —luego Cánovas, luego Fray Juan Pérez—, la casa de don José, el dulcero de Sevilla, que me deslumbraba con sus botas de cabritilla de oro, que ponía en la pita de su patio cascarones de huevos, que pintaba de amarillo canario con fajas de azul marino las puertas de su zaguán, que venía, a veces, a mi casa, y mi padre le daba dinero, y él le hablaba siempre del olivar... ¡Cuántos sueños le ha mecido a mi infancia, esa pobre pimienta que, desde mi balcón, veía yo, llena de gorriones, sobre el tejado de don José! —Eran dos pimientas, que no uní nunca: una, la que veía, copa con viento o sol, desde mi balcón; otra, la que veía en el corral de don José, desde su tronco...

Las tardes claras, las siestas de lluvia, a cada cambio leve de cada día o de cada hora, ¡qué interés, qué atractivo tan extraordinario, desde mi cancela, desde mi ventana, desde mi balcón, en el silencio de la calle, el de la casa de enfrente!

---

[18] La calle principal de Moguer (del lado del río y de la marina), donde vivía Juan Ramón antes de trasladarse su familia a la calle Nueva. Véase el capítulo CXVII, «La calle de la Ribera».

XVII

EL NIÑO TONTO

SIEMPRE que volvíamos por la calle de San José, estaba el niño tonto a la puerta de su casa, sentado en su sillita, mirando el pasar de los otros. Era uno de esos pobres niños a quienes no llega nunca el don de la palabra ni el regalo de la gracia; niño alegre él y triste de ver; todo para su madre, nada para los demás.

Un día, cuando pasó por la calle blanca aquel mal viento negro[19], no vi ya al niño en su puerta. Cantaba un pájaro en el solitario umbral, y yo me acordé de Curros[20], padre más que poeta, que, cuando se quedó sin su niño, le preguntaba por él a la mariposa gallega:

Volvoreta d'aliñas douradas...[21].

Ahora que viene la primavera, pienso en el niño tonto, que desde la calle de San José se fue al cielo. Estará sentado en su sillita, al lado de las rosas únicas, viendo con sus ojos, abiertos otra vez, el dorado pasar de los gloriosos.

---

[19] La muerte.

[20] Manuel Curros Enríquez (1851-1908), poeta gallego a quien Juan Ramón descubrió, al mismo tiempo que a Rosalía de Castro, en sus lecturas en el Ateneo de Sevilla.

[21] «Mariposa de alitas doradas». Antonio A. Gómez Yebra ha identificado este verso como el primero de la última estrofa del poema, «¡Ai!», escrito por Curros Enríquez en 1879 a la muerte de su hijo Leopoldo. Véase su edición de *Platero* (Castalia), pág. 84.

XVIII

LA FANTASMA

LA mayor diversión de Anilla la Manteca, cuya fogosa y fresca juventud fue manadero sin fin de alegrones, era vestirse de fantasma. Se envolvía toda en una sábana, añadía harina al azucenón de su rostro, se ponía dientes de ajo en los dientes, y cuando, ya después de cenar, soñábamos, medio dormidos, en la salita, aparecía ella de improviso por la escalera de mármol, con un farol encendido, andando lenta, imponente y muda. Era, vestida ella de aquel modo, como si su desnudez se hubiese hecho túnica. Sí. Daba espanto la visión sepulcral que traía de los altos oscuros, pero, al mismo tiempo, fascinaba su blancura sola, con no sé qué plenitud sensual...

Nunca olvidaré, Platero, aquella noche de setiembre. La tormenta palpitaba sobre el pueblo hacía una hora, como un corazón malo, descargando agua y piedra entre la desesperadora insistencia del relámpago y del trueno. Rebosaba ya el aljibe e inundaba el patio. Los últimos acompañamientos —el coche de las nueve, las ánimas, el cartero— habían ya pasado... Fui, tembloroso, a beber al comedor, y en la verde blancura de un relámpago, vi el eucalipto de las Velarde —el árbol del cuco, como le decíamos, que cayó aquella noche—, doblado todo sobre el tejado de alpende...[22]

De pronto, un espantoso ruido seco, como la sombra de un grito de luz que nos dejó ciegos, conmovió la casa. Cuando volvimos a la realidad, todos estábamos en sitio diferente del que teníamos un momento antes y como

---

[22] El alpende de su casa de Moguer, la de la calle Nueva, que se ha conservado casi igual, contenía el lavadero para la ropa, con fogón para la colada e inmediata la carbonera. Dato que debo a don Francisco H.-Pinzón Jiménez.

solos todos, sin afán ni sentimiento de los demás. Uno se quejaba de la cabeza, otro de los ojos, otro del corazón... Poco a poco fuimos tornando a nuestros sitios.

Se alejaba la tormenta... La luna, entre unas nubes enormes que se rajaban de abajo a arriba, encendía de blanco en el patio el agua que todo lo colmaba. Fuimos mirándolo todo. *Lord* iba y venía a la escalera del corral, ladrando loco. Lo seguimos... Platero; abajo ya, junto a la flor de noche que, mojada, exhalaba un nauseabundo olor, la pobre Anilla, vestida de fantasma, estaba muerta, aún encendido el farol en su mano negra por el rayo.

XIX

PAISAJE GRANA

LA cumbre. Ahí está el ocaso, todo empurpurado, herido por sus propios cristales, que le hacen sangre por doquiera. A su esplendor, el pinar verde se agria, vagamente enrojecido; y las hierbas y las florecillas, encendidas y transparentes, embalsaman el instante sereno de una esencia mojada, penetrante y luminosa.

Yo me quedo extasiado en el crepúsculo. Platero, granas de ocaso sus ojos negros, se va, manso, a un charquero de aguas de carmín, de rosa, de violeta; hunde suavemente su boca en los espejos, que parece que se hacen líquidos al tocarlos él; y hay por su enorme garganta como un pasar profuso de umbrías aguas de sangre.

El paraje es conocido, pero el momento lo trastorna y lo hace extraño, ruinoso y monumental. Se dijera, a cada instante, que vamos a descubrir un palacio abandonado... La tarde se prolonga más allá de sí misma, y la hora, contagiada de eternidad, es infinita, pacífica, insondable...

—Anda, Platero...

XX

EL LORO

ESTÁBAMOS jugando con Platero y con el loro, en el huerto de mi amigo, el médico francés, cuando una mujer joven, desordenada y ansiosa, llegó, cuesta abajo, hasta nosotros. Antes de llegar, avanzando el negro ver angustiado a mí, me había suplicado:

—Zeñorito: ¿ejtá ahí eze médico?

Tras ella venían ya unos chiquillos astrosos, que, a cada instante, jadeando, miraban camino arriba; al fin, varios hombres que traían a otro, lívido y decaído. Era un cazador furtivo de esos que cazan venados en el coto de Doñana[23]. La escopeta, una absurda escopeta vieja amarrada con tomiza, se le había reventado, y el cazador traía el tiro en un brazo.

Mi amigo se llegó, cariñoso, al herido, le levantó unos míseros trapos que le habían puesto, le lavó la sangre y le fue tocando huesos y músculos. De vez en cuando me decía:

—*Ce n'est rien...*[24].

Caía la tarde. De Huelva[25] llegaba un olor a marisma, a brea, a pescado... Los naranjos redondeaban, sobre el poniente rosa, sus apretados terciopelos de esmeralda.

---

[23] El coto de Doñana está todo él en la margen derecha del Guadalquivir, que separa y aleja Cádiz de Huelva, por tierra que obliga a subir hasta Sevilla. Está en el término municipal de Almonte (Huelva), inmediato a El Rocío. El río lo separa de la provincia de Cádiz, que comienza en la orilla opuesta. Agradezco esta aclaración a don Francisco H.-Pinzón Jiménez.

Durante siglos el coto de Doñana fue el cazadero de la realeza y los grandes de España. Hoy es un vedado único en Europa, y mundialmente famoso por la variedad y abundancia de su fauna.

[24] «No es nada».

[25] Puerto y capital de la provincia del mismo nombre, situado en la desembocadura de los ríos Tinto y Odiel.

En una lila, lila y verde, el loro, verde y rojo, iba y venía, curioseándonos con sus ojitos redondos.

Al pobre cazador se le llenaban de sol las lágrimas saltadas; a veces, dejaba oír un ahogado grito. Y el loro:

— *Ce n'est rien...*

Mi amigo ponía al herido algodones y vendas...

El pobre hombre:

— ¡Aaay!

Y el loro, entre las lilas:

— *Ce n'est rien... Ce n'est rien...*

XXI

LA AZOTEA

TÚ, Platero, no has subido nunca a la azotea. No puedes saber qué honda respiración ensancha el pecho, cuando al salir a ella de la escalerilla oscura de madera, se siente uno quemado en el sol pleno del día, anegado de azul como al lado mismo del cielo, ciego del blancor de la cal, con la que, como sabes, se da al suelo de ladrillo para que venga limpia al aljibe el agua de las nubes.

¡Qué encanto el de la azotea! Las campanas de la torre están sonando en nuestro pecho, al nivel de nuestro corazón, que late fuerte; se ven brillar, lejos, en las viñas, los azadones, con una chispa de plata y sol; se domina todo: las otras azoteas, los corrales, donde la gente, olvidada, se afana, cada uno en lo suyo —el sillero, el pintor, el tonelero—; las manchas de arbolado de los corralones, con el toro o la cabra; el cementerio, a donde a veces, llega, pequeñito, apretado y negro, un inadvertido entierro de tercera; ventanas con una muchacha en camisa que se peina, descuidada, cantando; el río, con un barco que no acaba de entrar; graneros, donde un músico solitario ensaya el cornetín, o donde el amor violento hace, redondo, ciego y cerrado, de las suyas...

La casa desaparece como un sótano. ¡Qué extraña, por la montera de cristales, la vida ordinaria de abajo: las palabras, los ruidos, el jardín mismo, tan bello desde él; tú, Platero, bebiendo en el pilón, sin verme, o jugando, como un tonto, con el gorrión o la tortuga!

XXII

RETORNO

VENÍAMOS los dos, cargados, de los montes: Platero, de almoraduj; yo, de lirios amarillos.

Caía la tarde de abril. Todo lo que en el poniente había sido cristal de oro, era luego cristal de plata, una alegoría, lisa y luminosa, de azucenas de cristal. Después, el vasto cielo fue cual un zafiro transparente, trocado en esmeralda. Yo volvía triste...

Ya en la cuesta, la torre del pueblo[26], coronada de refulgentes azulejos, cobraba, en el levantamiento de la hora pura, un aspecto monumenta!. Parecía, de cerca, como una Giralda vista de lejos, y mi nostalgia de ciudades, aguda con la primavera, encontraba en ella un consuelo melancólico.

Retorno... ¿adónde?, ¿de qué?, ¿para qué?... Pero los lirios que venían conmigo olían más en la frescura tibia de la noche que se entraba; olían con un olor más penetrante y, al mismo tiempo, más vago, que salía de la flor sin verse la flor, flor de olor sólo, que embriagaba el cuerpo y el alma desde la sombra solitaria.

—¡Alma mía, lirio en la sombra! —dije. Y pensé, de pronto, en Platero, que, aunque iba debajo de mí, se me había, como si fuera mi cuerpo, olvidado.

---

[26] La torre parroquial de Santa María de la Granada. Copia fiel, según la tradición, de la famosa Giralda, torre de la catedral de Sevilla. Para una buena reproducción fotográfica, véase el libro de Francisco Garfias.

XXIII

LA VERJA CERRADA

SIEMPRE que íbamos a la bodega del Diezmo[27], yo daba la vuelta por la pared de la calle de San Antonio y me venía a la verja cerrada que da al campo. Ponía mi cara contra los hierros y miraba a derecha e izquierda, sacando los ojos ansiosamente, cuanto mi vista podía alcanzar. De su mismo umbral gastado y perdido entre ortigas y malvas, una vereda sale y se borra, bajando, en las Angustias. Y, vallado suyo abajo, va un camino ancho y hondo por el que nunca pasé...

¡Qué mágico embeleso ver, tras el cuadro de hierros de la verja, el paisaje y el cielo mismos que fuera de ella se veían! Era como si una techumbre y una pared de ilusión quitaran de lo demás el espectáculo, para dejarlo solo a través de la verja cerrada... Y se veía la carretera, con su puente y sus álamos de humo, y el horno de ladrillos, y las lomas de Palos, y los vapores de Huelva, y, al anochecer, las luces del muelle de Riotinto[28], y el eucalipto grande y solo de los Arroyos sobre el morado ocaso último...

Los bodegueros me decían, riendo, que la verja no tenía llave... En mis sueños, con las equivocaciones del pensamiento sin cauce, la verja daba a los más prodigiosos jardines, a los campos más maravillosos... Y así como una vez intenté, fiado en mi pesadilla, bajar volando la escalera de mármol, fui, mil veces, con la mañana, a la verja, seguro de hallar tras ella lo que mi fantasía mezclaba, no sé si queriendo o sin querer, a la realidad...

---

27 Situada en la calle de las Angustias, era una de las cuatro bodegas de la familia de Juan Ramón. Las otras eran «La Ilascuras», «La Castellana», y «El Molino de Coba».

28 Uno de los tres muelles de la ciudad de Huelva, situado en el río Odiel.

XXIV

DON JOSÉ, EL CURA

YA, Platero, va ungido y hablando con miel. Pero la que, en realidad, es siempre angélica, es su burra, la señora.

Creo que lo viste un día en su huerta, calzones de marinero, sombrero ancho, tirando palabrotas y guijarros a los chiquillos que le robaban las naranjas. Mil veces has mirado, los viernes, al pobre Baltasar, su casero, arrastrando por los caminos la quebradura, que parece el globo del circo, hasta el pueblo, para vender sus míseras escobas o para rezar con los pobres por los muertos de los ricos...

Nunca oí hablar más mal a un hombre ni remover con sus juramentos más alto el cielo. Es verdad que él sabe, sin duda, o al menos así lo dice en su misa de las cinco, dónde y cómo está allí cada cosa... El árbol, el terrón, el agua, el viento, la candela, todo esto tan gracioso, tan blando, tan fresco, tan puro, tan vivo, parece que son para él ejemplo de desorden, de dureza, de frialdad, de violencia, de ruina. Cada día, las piedras todas del huerto reposan la noche en otro sitio, disparadas, en furiosa hostilidad, contra pájaros y lavanderas, niños y flores.

A la oración, se trueca todo. El silencio de don José se oye en el silencio del campo. Se pone sotana, manteo y sombrero de teja, y casi sin mirada, entra en el pueblo oscuro, sobre su burra lenta, como Jesús en la muerte...

XXV

LA PRIMAVERA

¡Ay, que relumbres y olores!
¡Ay, cómo ríen los prados!
¡Ay, qué alboradas se oyen!

ROMANCE POPULAR.

EN mi duermevela matinal, me malhumora una endiablada chillería de chiquillos. Por fin, sin poder dormir más, me echo, desesperado, de la cama. Entonces, al mirar el campo por la ventana abierta, me doy cuenta de que los que alborotan son los pájaros.

Salgo al huerto y canto gracias al Dios del día azul. ¡Libre concierto de picos, fresco y sin fin! La golondrina riza, caprichosa, su gorjeo en el pozo; silba el mirlo sobre la naranja caída; de fuego, la oropéndola charla, de chaparro en chaparro; el chamariz ríe larga y menudamente en la cima del eucalipto; y, en el pino grande, los gorriones discuten desaforadamente.

¡Cómo está la mañana! El sol pone en la tierra su alegría de plata y de oro; mariposas de cien colores juegan por todas partes, entre las flores, por la casa —ya dentro, ya fuera—, en el manantial. Por doquiera, el campo se abre en estallidos, en crujidos, en un hervidero de vida sana y nueva.

Parece que estuviéramos dentro de un gran panal de luz, que fuese el interior de una inmensa y cálida rosa encendida.

XXVI

EL ALJIBE

MÍRALO; está lleno de las ultimas lluvias, Platero. No tiene eco, ni se ve, allá en su fondo, como cuando está bajo, el mirador con sol, joya policroma tras los cristales amarillos y azules de la montera.

Tú no has bajado nunca al aljibe, Platero. Yo sí; bajé cuando lo vaciaron, hace años. Mira; tiene una galería larga, y luego un cuarto pequeñito. Cuando entré en él, la vela que llevaba se me apagó y una salamandra se me puso en la mano. Dos fríos terribles se cruzaron en mi pecho cual dos espadas que se cruzaran como dos fémures bajo una calavera... Todo el pueblo está socavado de aljibes y galerías, Platero. El aljibe más grande es el del patio del Salto del Lobo, plaza de la ciudadela antigua del Castillo. El mejor es éste de mi casa que, como ves, tiene el brocal esculpido en una pieza sola de mármol alabastrino. La galería de la Iglesia va hasta la viña de los Puntales y allí se abre al campo, junto al rio. La que sale del Hospital nadie se ha atrevido a seguirla del todo, porque no acaba nunca...

Recuerdo, cuando era niño, las noches largas de lluvia, en que me desvelaba el rumor sollozante del agua redonda que caía, de la azotea, en el aljibe. Luego, a la mañana, íbamos, locos, a ver hasta dónde había llegado el agua. Cuando estaba hasta la boca, como está hoy, ¡qué asombro, qué gritos, qué admiración!

... Bueno, Platero. Y ahora voy a darte un cubo de esta agua pura y fresquita, el mismo cubo que se bebía de una vez Villegas, el pobre Villegas, que tenía el cuerpo achicharrado ya del coñac y del aguardiente...

XXVII

EL PERRO SARNOSO

VENÍA, a veces, flaco y anhelante, a la casa del huerto. El pobre andaba siempre huido, acostumbrado a los gritos y a las pedreas. Los mismos perros le enseñaban los colmillos. Y se iba otra vez, en el sol del mediodía, lento y triste, monte abajo.

Aquella tarde, llegó detrás de Diana. Cuando yo salía, el guarda, que en un arranque de mal corazón había sacado la escopeta, disparó contra él. No tuve tiempo de evitarlo. El mísero, con el tiro en las entrañas, giró vertiginosamente un momento, en un redondo aullido agudo, y cayó muerto bajo una acacia.

Platero miraba al perro fijamente, erguida la cabeza. Diana, temerosa, andaba escondiéndose de uno en otro. El guarda, arrepentido quizás, daba largas razones no sabía a quién, indignándose sin poder, queriendo acallar su remordimiento. Un velo parecía enlutecer el sol; un velo grande, como el velo pequeñito que nubló el ojo sano del perro asesinado.

Abatidos por el viento del mar, los eucaliptos lloraban, más reciamente cada vez hacia la tormenta, en el hondo silencio aplastante que la siesta tendía por el campo aún de oro, sobre el perro muerto.

XXVIII

REMANSO[29]

ESPÉRATE, Platero... O pace un rato en ese prado tierno, si lo prefieres. Pero déjame ver a mí este remanso bello, que no veo hace tantos años...

Mira cómo el sol, pasando su agua espesa, le alumbra la honda belleza verdeoro, que los lirios de celeste frescura de la orilla contemplan extasiados... Son escaleras de terciopelo, bajando en repetido laberinto; grutas mágicas con todos los aspectos ideales que una mitología de ensueño trajese a la desbordada imaginación de un pintor interno; jardines venustianos que hubiera creado la melancolía permanente de una reina loca de grandes ojos verdes; palacios en ruinas, como aquel que vi en aquel mar de la tarde, cuando el sol poniente hería, oblicuo, el agua baja... Y más, y más, y más; cuanto el sueño más difícil pudiera robar, tirando a la belleza fugitiva de su túnica infinita, al cuadro recordado de una hora de primavera con dolor, en un jardín de olvido que no existiera del todo... Todo pequeñito, pero inmenso, porque parece distante; clave de sensaciones innumerables, tesoro del mago más viejo de la fiebre...

Este remanso, Platero, era mi corazón antes. Así me lo sentía, bellamente envenenado, en su soledad, de prodigiosas exuberancias detenidas... Cuando el amor humano lo hirió, abriéndole su dique, corrió la sangre corrom-

---

[29] En este capítulo, el poeta nos habla de la evolución de su vida sentimental, desde las sensaciones fantásticas, exuberantes y malsanas del joven ensimismado, hasta la realidad más madura del adulto, lo cual implica un proceso de purificación. (Aunque todavía se siente, a veces, atraído «a su remanso de antes».) Entre el material inédito que Ricardo Gullón nos hace asequible, aprendemos que el poeta puso este comentario al final del capítulo: «Buen prólogo a mi obra», *PSA*, XVI, pág. 16.

pida, hasta dejarlo puro, limpio y fácil, como el arroyo de los Llanos, Platero, en la más abierta dorada y caliente hora de abril.

A veces, sin embargo, una pálida mano antigua me lo trae a su remanso de antes, verde y solitario, y allí lo deja encantado, fuera de él, respondiendo a las llamadas claras, «por endulzar su pena», como Hylas a Alcides en el idilio de Chénier[30], que ya te he leído, con una voz «desentendida y vana»...

---

30 André Chénier (1762-1794), poeta francés que murió guillotinado durante la Revolución. «El idilio» a que se refiere aquí es el primer poema, «Hylas», de *Les Héros et les Fables*.

XXIX

IDILIO DE ABRIL

LOS niños han ido con Platero al arroyo de los chopos, y ahora lo traen trotando, entre juegos sin razón y risas desproporcionadas, todo cargado de flores amarillas. Allá abajo les ha llovido —aquella nube fugaz que veló el prado verde con sus hilos de oro y plata, en los que tembló, como en una lira de llanto, el arco iris—. Y sobre la empapada lana del asnucho, las campanillas mojadas gotean todavía.

¡Idilio fresco, alegre, sentimental! ¡Hasta el rebuzno de Platero se hace tierno bajo la dulce carga llovida! De cuando en cuando, vuelve la cabeza y arranca las flores a que su bocota alcanza. Las campanillas, níveas y gualdas, le cuelgan, un momento, entre el blanco babear verdoso y luego se le van a la barrigota cinchada. ¡Quién, como tú, Platero, pudiera comer flores..., y que no le hicieran daño!

¡Tarde equívoca de abril!... Los ojos brillantes y vivos de Platero copian toda la hora de sol y lluvia, en cuyo ocaso, sobre el campo de San Juan, se ve llover, deshilachada, otra nube rosa.

XXX

EL CANARIO VUELA

UN día, el canario verde, no sé cómo ni por qué, voló de su jaula. Era un canario viejo, recuerdo triste de una muerta, al que yo no había dado libertad por miedo de que se muriera de hambre o de frío, o de que se lo comieran los gatos.

Anduvo toda la mañana entre los granados del huerto en el pino de la puerta, por las lilas. Los niños estuvieron, toda la mañana también, sentados en la galería, absortos en los breves vuelos del pajarillo amarillento. Libre, Platero, holgaba junto a los rosales, jugando con una mariposa.

A la tarde, el canario se vino al tejado de la casa grande, y allí se quedó largo tiempo, latiendo en el tibio sol que declinaba. De pronto, y sin saber nadie cómo ni por qué, apareció en la jaula, otra vez alegre.

¡Qué alborozo en el jardín! Los niños saltaban, tocando las palmas, arrebolados y rientes como auroras; Diana, loca, los seguía, ladrándole a su propia y riente campanilla; Platero, contagiado, en un oleaje de carnes de plata, igual que un chivillo, hacía corvetas, giraba sobre sus patas, en un vals tosco, y poniéndose en las manos, daba coces al aire claro y suave...

XXXI

EL DEMONIO

DE pronto, con un duro y solitario trote, doblemente sucio en una alta nube de polvo, aparece, por la esquina del Trasmuro, el burro. Un momento después, jadeantes, subiéndose los caídos pantalones de andrajos, que les dejan fuera las oscuras barrigas, los chiquillos, tirándole rodrigones y piedras...

Es negro, grande, viejo, huesudo —otro arcipreste—, tanto, que parece que se le va a agujerear la piel sin pelo por doquiera. Se para y, mostrando unos dientes amarillos, como habones, rebuzna a lo alto ferozmente, con una energía que no cuadra a su desgarbada vejez... ¿Es un burro perdido? ¿No lo conoces, Platero? ¿Qué querrá? ¿De quién vendrá huyendo, con ese trote desigual y violento?

Al verlo, Platero hace cuerno, primero, ambas orejas con una sola punta, se las deja luego una en pie y otra descolgada, y se viene a mí, y quiere esconderse en la cuneta, y huir, todo a un tiempo. El burro negro pasa a su lado, le da un rozón, le tira la albarda, lo huele, rebuzna contra el muro del convento y se va trotando, Trasmuro abajo...

... Es, en el calor, un momento extraño de escalofrío —¿mío, de Platero?— en el que las cosas parecen trastornadas, como si la sombra baja de un paño negro ante el sol ocultase, de pronto, la soledad deslumbradora del recodo del callejón, en donde el aire, súbitamente quieto, asfixia... Poco a poco, lo lejano nos vuelve a lo real. Se oye, arriba, el vocerío mudable de la plaza del Pescado, donde los vendedores que acaban de llegar de la Ribera exaltan sus asedías, sus salmonetes, sus brecas, sus mojarras, sus bocas; la campana de vuelta, que pregona el sermón de mañana; el pito del amolador...

Platero tiembla aún, de vez en cuando, mirándome, acoquinado, en la quietud muda en que nos hemos quedado los dos, sin saber por qué...

—Platero; yo creo que ese burro no es un burro...

Y Platero, mudo, tiembla de nuevo todo él de un solo temblor, blandamente ruidoso, y mira, huido, hacia la gavia, hosca y bajamente...

XXXII

LIBERTAD

LLAMÓ mi atención, perdida por las flores de la vereda, un pajarillo lleno de luz, que, sobre el húmedo prado verde, abría sin cesar su preso vuelo policromo. Nos acercamos despacio, yo delante, Platero detrás. Había por allí un bebedero umbrío, y unos muchachos traidores le tenían puesta una red a los pájaros. El triste reclamillo se levantaba hasta su pena, llamando, sin querer, a sus hermanos del cielo.

La mañana era clara, pura, traspasada de azul. Caía del pinar vecino un leve concierto de trinos exaltados, que venía y se alejaba, sin irse, en el manso y áureo viento marero que ondulaba las copas. ¡Pobre concierto inocente, tan cerca del mal corazón!

Monté en Platero, y, obligándolo con las piernas, subimos, en un agudo trote, al pinar. En llegando bajo la sombría cúpula frondosa, batí palmas, canté, grité. Platero, contagiado, rebuznaba una vez y otra, rudamente. Y los ecos respondían, hondos y sonoros, como en el fondo de un gran pozo. Los pájaros se fueron a otro pinar, cantando.

Platero, entre las lejanas maldiciones de los chiquillos violentos, rozaba su cabezota peluda contra mi corazón, dándome las gracias hasta lastimarme el pecho.

XXXIII

LOS HÚNGAROS[31]

MÍRALOS, Platero, tirados en todo su largor, cómo tienden los perros cansados el mismo rabo, en el sol de la acera.

La muchacha, estatua de fango, derramada su abundante desnudez de cobre entre el desorden de sus andrajos de lanas granas y verdes, arranca la hierbaza seca a que sus manos, negras como el fondo de un puchero, alcanzan. La chiquilla, pelos toda, pinta en la pared, con cisco, alegorías obscenas. El chiquillo se orina en su barriga como una fuente en su taza, llorando por gusto. El hombre y el mono se rascan, aquél la greña, murmurando, y éste las costillas, como si tocase una guitarra.

De vez en cuando, el hombre se incorpora, se levanta luego, se va al centro de la calle y golpea con indolente fuerza el pandero, mirando a un balcón. La muchacha, pateada por el chiquillo, canta, mientras jura desgarradamente, una desentonada monotonía. Y el mono, cuya cadena pesa más que él, fuera de punto, sin razón, da una vuelta de campana y luego se pone a buscar entre los chinos de la cuneta uno más blando.

Las tres... El coche de la estación se va, calle Nueva arriba. El sol, solo.

—Ahí tienes, Platero, el ideal de familia de Amaro... Un hombre como un roble, que se rasca; una mujer, como una parra, que se echa; dos chiquillos, ella y él, para seguir la raza, y un mono, pequeño y débil como el mundo, que les da de comer a todos, cogiéndose las pulgas...

---

31 «Los Húngaros», término que se da a los gitanos nómadas, no nativos de España, en contraste con los gitanos españoles (cfr. CX «Los gitanos»). George Borrow, cuyos estudios sobre los gitanos datan del siglo XIX, destaca, como Juan Ramón, las condiciones sórdidas en que viven los gitanos húngaros. Cfr. *Los Zincali (Los gitanos de España)*, Madrid, La Nave, 1932.

XXXIV

LA NOVIA

EL claro viento del mar sube por la cuesta roja, llega al prado del cabezo, ríe entre las tiernas florecillas blancas; después, se enreda por los pinetes sin limpiar y mece, hinchándolas como velas sutiles, las encendidas telarañas celestes, rosas, de oro... Toda la tarde es ya viento marino. Y el sol y el viento ¡dan un blando bienestar al corazón!

Platero me lleva, contento, ágil, dispuesto. Se dijera que no le peso. Subimos, como si fuésemos cuesta abajo, a la colina. A lo lejos, una cinta de mar, brillante, incolora, vibra, entre los últimos pinos, en un aspecto de paisaje isleño. En los prados verdes, allá abajo, saltan los asnos trabados, de mata en mata.

Un estremecimiento sensual vaga por las cañadas. De pronto, Platero yergue las orejas, dilata las levantadas narices, replegándolas hasta los ojos y dejando ver las grandes habichuelas de sus dientes amarillos. Está respirando largamente, de los cuatro vientos, no sé qué honda esencia que debe transirle el corazón. Sí. Ahí tiene ya, en otra colina, fina y gris sobre el cielo azul, a la amada. Y dobles rebuznos, sonoros y largos, desbaratan con su trompetería la hora luminosa y caen luego en gemelas cataratas.

He tenido que contrariar los instintos amables de mi pobre Platero. La bella novia del campo lo ve pasar, triste como él, con sus ojazos de azabache cargados de estampas... ¡Inútil pregón misterioso, que ruedas brutalmente, como un instinto hecho carne libre, por las margaritas!

Y Platero trota indócil, intentando a cada instante volverse, con un reproche en su refrenado trotecillo menudo:

—Parece mentira, parece mentira, parece mentira...

XXXV

LA SANGUIJUELA

ESPERA. ¿Qué es eso, Platero? ¿Qué tienes?

Platero está echando sangre por la boca. Tose y va despacio, más cada vez. Comprendo todo en un momento. Al pasar esta mañana por la fuente de Pinete, Platero estuvo bebiendo en ella. Y, aunque siempre bebe en lo más claro y con los dientes cerrados, sin duda una sanguijuela se le ha agarrado a la lengua o al cielo de la boca...

—Espera, hombre. Enseña...

Le pido ayuda a Raposo, el aperador, que baja por allí del Almendral, y entre los dos intentamos abrirle a Platero la boca. Pero la tiene como trabada con hormigón romano. Comprendo con pena que el pobre Platero es menos inteligente de lo que yo me figuro... Raposo coge un rodrigón gordo, lo parte en cuatro y procura atravesarle un pedazo a Platero entre las quijadas... No es fácil la empresa. Platero alza la cabeza al cenit levantándose sobre las patas, huye, se revuelve... Por fin, en un momento sorprendido, el palo entra de lado en la boca de Platero. Raposo se sube en el burro y con las dos manos tira hacia atrás de los salientes del palo para que Platero no lo suelte.

Sí, allá adentro tiene, llena y negra, la sanguijuela. Con dos sarmientos hechos tijera se la arranco... Parece un costalillo de almagra o un pellejillo de vino tinto; y, contra el sol, es como el moco de un pavo irritado por un paño rojo. Para que no saque sangre a ningún burro más, la corto sobre el arroyo, que en un momento tiñe de la sangre de Platero la espumela de un breve torbellino...

XXXVI

LAS TRES VIEJAS

SÚBETE aquí en el vallado, Platero. Anda, vamos a dejar que pasen esas pobres viejas...

Deben venir de la playa o de los montes. Mira. Una es ciega y las otras dos la traen por los brazos. Vendrán a ver a don Luis, el médico, o al hospital... Mira qué despacito andan, qué cuido, qué mesura ponen las dos que ven en su acción. Parece que las tres temen a la misma muerte. ¿Ves cómo adelantan las manos cual para detener el aire mismo, apartando peligros imaginarios, con mimo absurdo, hasta las más leves ramitas en flor, Platero?

Que te caes, hombre... Oye qué lamentables palabras van diciendo. Son gitanas. Mira sus trajes pintorescos, de lunares y volantes. ¿Ves? Van a cuerpo, no caída, a pesar de la edad, su esbeltez. Renegridas, sudorosas, sucias, perdidas en el polvo con sol del mediodía, aún una flaca hermosura recia las acompaña, como un recuerdo seco y duro...

Míralas a las tres, Platero. ¡Con qué confianza llevan la vejez a la vida, penetradas por la primavera esta que hace florecer de amarillo el cardo en la vibrante dulzura de su hervoroso sol!

XXXVII

LA CARRETILLA

EN el arroyo grande, que la lluvia había dilatado hasta la viña, nos encontramos, atascada, una vieja carretilla, perdida toda bajo su carga de hierba y de naranjas. Una niña, rota y sucia, lloraba sobre una rueda, queriendo ayudar con el empuje de su pechillo en flor al borricuelo, más pequeño ¡ay! y más flaco que Platero. Y el borriquillo se despechaba contra el viento, intentando, inútilmente, arrancar del fango la carreta, al grito sollozante de la chiquilla. Era vano su esfuerzo, como el de los niños valientes, como el vuelo de esas brisas cansadas del verano que se caen, en un desmayo, entre las flores.

Acaricié a Platero y, como pude, lo enganché a la carretilla, delante del borrico miserable. Le obligué, entonces, con un cariñoso imperio, y Platero, de un tirón, sacó carretilla y rucio del atolladero, y les subió la cuesta.

¡Qué sonreír el de la chiquilla! Fue como si el sol de la tarde, que se quebraba, al ponerse entre las nubes de agua, en amarillos cristales, le encendiese una aurora tras sus tiznadas lagrimas.

Con su llorosa alegría, me ofreció dos escogidas naranjas, finas, pesadas, redondas. Las tomé, agradecido, y le di una al borriquillo débil, como dulce consuelo; otra a Platero, como premio áureo.

XXXVIII

EL PAN

TE he dicho, Platero que el alma de Moguer es el vino, ¿verdad? No; el alma de Moguer es el pan. Moguer es igual que un pan de trigo, blanco por dentro, como el migajón, y dorado en torno —¡oh sol moreno!— como la blanda corteza.

A mediodía, cuando el sol quema más, el pueblo entero empieza a humear y a oler a pino y a pan calentito. A todo el pueblo se le abre la boca. Es como una gran boca que come un gran pan. El pan se entra en todo: en el aceite, en el gazpacho, en el queso y la uva, para dar sabor a beso, en el vino, en el caldo, en el jamón, en él mismo, pan con pan. También solo, como la esperanza, o con una ilusión...

Los panaderos llegan trotando en sus caballos, se paran en cada puerta entornada, tocan las palmas y gritan: «¡El panaderooo!»... Se oye el duro ruido tierno de los cuarterones que, al caer en los canastos que brazos desnudos levantan, chocan con los bollos, de las hogazas con las roscas...

Y los niños pobres llaman, al punto, a las campanillas de las cancelas o a los picaportes de los portones, y lloran largamente hacia adentro: ¡Un poquiiito de paaan!...

XXXIX

AGLAE[32]

¡QUÉ reguapo estás hoy, Platero! Ven aquí... ¡Buen jaleo te ha dado esta mañana la Macaria! Todo lo que es blanco y todo lo que es negro en ti luce y resalta como el día y como la noche después de la lluvia. ¡Qué guapo estas, Platero!

Platero, avergonzado un poco de verse así, viene a mí, lento, mojado aún de su baño, tan limpio que parece una muchacha desnuda. La cara se le ha aclarado, igual que un alba, y en ella sus ojos grandes destellan vivos, como si la más joven de las Gracias les hubiera prestado ardor y brillantez.

Se lo digo, y en un súbito entusiasmo fraternal, le cojo la cabeza, se la revuelvo en cariñoso apretón, le hago cosquillas... Él, bajos los ojos, se defiende blandamente con las orejas, sin irse, o se liberta, en breve correr, para pararse de nuevo en seco, como un perrillo juguetón.

—¡Qué guapo estás, hombre! —le repito.

Y Platero, lo mismo que un niño pobre que estrenara un traje, corre tímido, hablándome, mirándome en su huida con el regocijo de las orejas, y se queda, haciendo que come unas campanillas coloradas, en la puerta de la cuadra.

Aglae, la donadora de bondad y de hermosura, apoyada en el peral que ostenta triple copa de hojas, de peras y de gorriones, mira la escena sonriendo, casi invisible en la trasparencia del sol matinal.

---

32 La más joven de las tres Gracias (Eufrosine, la gozosa; Talía, la floreciente; Aglae, la resplandeciente), diosas mitológicas de la gracia y personificación de lo más seductor de la belleza humana.

XL

EL PINO DE LA CORONA

DONDE quiera que paro, Platero, me parece que paro bajo el pino de la Corona. A donde quiera que llego —ciudad, amor, gloria— me parece que llego a su plenitud verde y derramada bajo el gran cielo azul de nubes blancas. Él es faro rotundo y claro en los mares difíciles de mi sueño, como lo es de los marineros de Moguer en las tormentas de la barra; segura cima de mis días difíciles, en lo alto de su cuesta roja y agria, que toman los mendigos, camino de Sanlúcar.

¡Qué fuerte me siento siempre que reposo bajo su recuerdo! Es lo único que no ha dejado, al crecer yo, de ser grande, lo único que ha sido mayor cada vez. Cuando le cortaron aquella rama que el huracán le tronchó, me pareció que me habían arrancado un miembro; y, a veces, cuando cualquier dolor me coge de improviso, me parece que le duele al pino de la Corona.

La palabra magno le cuadra como al mar, como al cielo y como a mi corazón. A su sombra, mirando las nubes, han descansado razas y razas por siglos, como sobre el agua, bajo el cielo y en la nostalgia de mi corazón. Cuando, en el descuido de mis pensamientos, las imágenes arbitrarias se colocan donde quieren, o en estos instantes en que hay cosas que se ven cual en una visión segunda y a un lado de lo distinto, el pino de la Corona, transfigurado en no sé qué cuadro de eternidad, se me presenta, más rumoroso y más gigante aún, en la duda, llamándome a descansar a su paz, como el término verdadero y eterno de mi viaje por la vida.

XLI

DARBÓN

DARBÓN, el médico de Platero, es grande como el buey pío, rojo como una sandía. Pesa once arrobas. Cuenta, según él, tres duros de edad.

Cuando habla, le faltan notas, cual a los pianos viejos; otras veces, en lugar de palabra, le sale un escape de aire. Y estas pifias llevan un acompañamiento de inclinaciones de cabeza, de manotadas ponderativas, de vacilaciones chochas, de quejumbres de garganta y salivas en el pañuelo, que no hay más que pedir. Un amable concierto para antes de la cena.

No le queda muela ni diente y casi sólo come migajón de pan, que ablanda primero en la mano. Hace una bola y ¡a la boca roja! Allí la tiene, revolviéndola, una hora. Luego, otra bola, y otra. Masca con las encías, y la barba le llega, entonces, a la aguileña nariz.

Digo que es grande como el buey pío. En la puerta del banco, tapa la casa. Pero se enternece, igual que un niño, con Platero. Y si ve una flor o un pajarillo, se ríe de pronto, abriendo toda su boca, con una gran risa sostenida, cuya velocidad y duración él no puede regular, y que acaba siempre en llanto. Luego, ya sereno, mira largamente del lado del cementerio viejo:

—Mi niña, mi pobrecita niña...

XLII

EL NIÑO Y EL AGUA

EN la sequedad estéril y abrasada de sol del gran corralón polvoriento que, por despacio que se pise, lo llena a uno hasta los ojos de su blanco polvo cernido, el niño está con la fuente, en grupo franco y risueño, cada uno con su alma. Aunque no hay un solo árbol, el corazón se llena, llegando, de un nombre, que los ojos repiten escrito en el cielo azul Prusia con grandes letras de luz: Oasis.

Ya la mañana tiene calor de siesta y la chicharra sierra su olivo, en el corral de San Francisco[33]. El sol le da al niño en la cabeza; pero él, absorto en el agua, no lo siente. Echado en el suelo, tiene la mano bajo el chorro vivo, y el agua le pone en la palma un tembloroso palacio de frescura y de gracia que sus ojos negros contemplan arrobados. Habla solo, sorbe su nariz, se rasca aquí y allá entre sus harapos, con la otra mano. El palacio, igual siempre y renovado a cada instante, vacila a veces. Y el niño se recoge entonces, se aprieta, se sume en sí, para que ni ese latido de la sangre que cambia, con un cristal movido solo, la imagen tan sensible de un calidoscopio, le robe al agua la sorprendida forma primera.

—Platero, no sé si entenderás o no lo que te digo: pero ese niño tiene en su mano mi alma.

[33] Una de las iglesias de Moguer.

XLIII

AMISTAD

NOS entendemos bien. Yo lo dejo ir a su antojo, y él me lleva siempre adonde quiero.

Sabe Platero que, al llegar al pino de la Corona, me gusta acercarme a su tronco y acariciárselo, y mirar el cielo al través de su enorme y clara copa; sabe que me deleita la veredilla que va, entre céspedes, a la Fuente vieja; que es para mí una fiesta ver el río desde la colina de los pinos, evocadora, con su bosquecillo alto, de parajes clásicos. Como me adormile, seguro, sobre él, mi despertar se abre siempre a uno de tales amables espectáculos.

Yo trato a Platero cual si fuese un niño. Si el camino se torna fragoso y le pesa un poco, me bajo para aliviarlo. Lo beso, lo engaño, lo hago rabiar... Él comprende bien que lo quiero, y no me guarda rencor. Es tan igual a mí, tan diferente a los demás, que he llegado a creer que sueña mis propios sueños.

Platero se me ha rendido como una adolescente apasionada. De nada protesta. Sé que soy su felicidad. Hasta huye de los burros y de los hombres...

XLIV

LA ARRULLADORA

LA chiquilla del carbonero, bonita y sucia cual una moneda, bruñidos los negros ojos y reventando sangre los labios prietos entre la tizne, está a la puerta de la choza, sentada en una teja, durmiendo al hermanito.

Vibra la hora de mayo, ardiente y clara como un sol por dentro. En la paz brillante, se oye el hervor de la olla que cuece en el campo, la brama de la dehesa de los Caballos, la alegría del viento del mar en la maraña de los eucaliptos.

Sentida y dulce, la carbonera canta:

> Mi niiiño se va a dormiii
> en graaasia de la Pajtoraaa...[34]

Pausa. El viento en las copas...

> ... y pooor dormirse mi niñooo,
> se duermeee la arruyadoraaa...

El viento... Platero, que anda, manso, entre los pinos quemados, se llega, poco a poco... Luego se echa en la tierra fosca y, a la larga copla de madre, se adormila, igual que un niño.

---

[34] «La Pastora», que se refiere aquí a la Virgen María.

XLV

EL ÁRBOL DEL CORRAL

ESTE árbol, Platero, esta acacia que yo mismo sembré, verde llama que fue creciendo, primavera tras primavera, y que ahora mismo nos cubre con su abundante y franca hoja pasada de sol poniente, era, mientras viví en esta casa, hoy cerrada[35], el mejor sostén de mi poesía. Cualquier rama suya, engalanada de esmeralda por abril o de oro por octubre, refrescaba, sólo con mirarla un punto, mi frente, como la mano más pura de una musa. ¡Qué fina, qué grácil, qué bonita era!

Hoy Platero es dueña casi de todo el corral. ¡Qué basta se ha puesto! No sé si se acordará de mí. A mí me parece otra. En todo este tiempo en que la tenía olvidada, igual que si no existiese, la primavera la ha ido formando, año tras año, a su capricho, fuera del agrado de mi sentimiento.

Nada me dice hoy, a pesar de ser árbol, y árbol puesto por mí. Un árbol cualquiera que por primera vez acariciamos, nos llena, Platero, de sentido el corazón. Un árbol que hemos amado tanto, que tanto hemos conocido, no nos dice nada vuelto a ver, Platero. Es triste; mas es inútil decir más. No, no puedo mirar ya en esta fusión de la acacia y el ocaso, mi lira colgada. La rama graciosa no me trae el verso, ni la iluminación interna de la copa el pensamiento. Y aquí, a donde tantas veces vine de la vida, con una ilusión de soledad musical, fresca y olorosa, estoy mal, y tengo frío, y quiero irme, como entonces del casino, de la botica o del teatro, Platero.

---

35 Don Francisco H.-Pinzón Jiménez me comunica que «se debe referir a su casa de la calle Nueva porque en cuatro o cinco años [que serían los años en su casa natal, calle de la Ribera] no se suele plantar árboles ni podría ser a esa edad "sostén de mi poesía". La casa estaba cerrada desde que ellos la tuvieron que abandonar y trasladarse a la calle de la Aceña, por estar embargada al hundirse el negocio familiar y producirse la ruina».

XLVI

LA TÍSICA

ESTABA derecha en una triste silla, blanca la cara y mate, cual un nardo ajado, en medio de la encalada y fría alcoba. Le había mandado el médico salir al campo, a que le diera el sol de aquel mayo helado; pero la pobre no podía.

—Cuando yego ar puente —me dijo—, ¡ya v'usté, zeñorito, ahí ar lado que ejtá!, m'ahogo...

La voz pueril, delgada y rota, se le caía, cansada, como se cae, a veces, la brisa en el estío.

Yo le ofrecí a Platero para que diese un paseíto. Subida en él, ¡qué risa la de su aguda cara de muerta, toda ojos negros y dientes blancos!

... Se asomaban las mujeres a las puertas a vernos pasar. Iba Platero despacio, como sabiendo que llevaba encima un frágil lirio de cristal fino. La niña, con su hábito cándido de la Virgen de Montemayor, lazado de grana, transfigurada por la fiebre y la esperanza, parecía un ángel que cruzaba el pueblo, camino del cielo del sur.

XLVII

EL ROCIO[36]

PLATERO —le dije—; vamos a esperar las Carretas. Traen el rumor del lejano bosque de Doñana, el misterio del pinar de las Ánimas, la frescura de las Madres y de los dos Frenos, el olor de la Rocina...

Me lo llevé, guapo y lujoso, a que piropeara a las muchachas por la calle de la Fuente, en cuyos bajos aleros de cal se moría, en una vaga cinta rosa, el vacilante sol de la tarde. Luego nos pusimos en el vallado de los Hornos, desde donde se ve todo el camino de los Llanos.

Venían ya, cuesta arriba, las Carretas. La suave llovizna de los Rocíos caía sobre las viñas verdes, de una pasajera nube malva. Pero la gente no levantaba siquiera los ojos al agua.

Pasaron, primero, en burros, mulas y caballos ataviados a la moruna y la crin trenzada, las alegres parejas de novios, ellos alegres, valientes ellas. El rico y vivo tropel iba, volvía, se alcanzaba incesantemente en una locura sin sentido. Seguía luego el carro de los borrachos, estrepitoso, agrio y trastornado. Detrás, las carretas, como lechos, colgadas de blanco, con las muchachas, morenas, duras y floridas, sentadas bajo el dosel, repicando panderetas y chillando sevillanas. Más caballos, más burros... Y el mayordomo —¡Viva la Virgen del Rocíoooo! ¡Vivaaaaa!— calvo, seco y rojo, el sombrero

---

36 El Rocío es un pueblo en la provincia de Huelva, al sureste de Moguer y directamente al norte del coto de Doñana. Allí se celebra todos los años, durante el fin de semana de Pentecostés, la famosa romería en honor de la Virgen del Rocío. Miles de personas (familias enteras, pueblos enteros) viajan en las carretas tradicionales de dos ruedas para participar en las procesiones y las fiestas.

ancho a la espalda y la vara de oro descansada en el estribo. Al fin, mansamente tirado por dos grandes bueyes píos, que parecían obispos con sus frontales de colorines y espejos, en los que chispeaba el trastorno del sol mojado, cabeceando con la desigual tirada de la yunta, el Sin Pecado[37], amatista y de plata en su carro blanco, todo en flor, como un cargado jardín mustio.

Se oía ya la música, ahogada entre el campaneo y los cohetes negros y el duro herir de los cascos herrados en las piedras...

Platero, entonces, dobló sus manos, y, como una mujer, se arrodilló —¡una habilidad suya!—, blando, humilde y consentido.

hooves =

[37] Estandarte que encabeza cada una de las Hermandades que van en romería al santuario del Rocío.

XLVIII

RONSARD[38]

LIBRE ya Platero del cabestro, y paciendo entre las castas margaritas del pradecillo, me he echado yo bajo un pino, he sacado de la alforja moruna un breve libro, y, abriéndolo por una señal, me he puesto a leer en alta voz:

Comme on voit sur la branche au mois de mai la rose
En sa belle jeunesse, en sa première fleur,
Rendre le ciel jaloux de...

Arriba, por las ramas últimas, salta y pía un leve pajarillo, que el sol hace, cual toda la verde cima suspirante, de oro. Entre vuelo y gorjeo, se oye el partirse de las semillas que el pájaro se está almorzando.

...jaloux de sa vive couleur...

Una cosa enorme y tibia avanza, de pronto, como una proa viva, sobre mi hombro... Es Platero, que, sugestionado, sin duda, por la lira de Orfeo, viene a leer conmigo. Leemos:

... vive couleur,
Quand l 'aube de ses pleurs au point du jour l'a...[39]

---

[38] Pierre de Ronsard (1524-1585), poeta francés, renovador de la lírica de su país, con el movimiento literario de la Pléyade.

[39] Los cuatro primeros versos, dos veces interrumpidos en el texto, son de un cuarteto de «Sur la mort de Marie», IV, en *Le Second Livre des Amours,* Seconde Partie:

Pero el pajarillo, que debe digerir aprisa, tapa la palabra con una nota falsa.

Ronsard, olvidado un instante de su soneto «*Quand en songeant ma follatre j'accolle*»...[40], se debe haber reído en el infierno...

Como se ve sobre la rama en el mes de mayo la rosa
En su bella juventud, en su primera flor,
Poner el cielo celoso de su vivo color,
Cuando el alba con sus lágrimas al despuntar el día la [rocía]:

La palabra que falta en el texto de Juan Ramón es «arroser».

40 Este verso es un soneto que pertenece a las *Pièces Retranchées* (1553-1584), de Ronsard: «Cuando soñando a mi loquilla abrazo,...».

XLIX

EL TÍO DE LAS VISTAS

DE pronto, sin matices, rompe el silencio de la calle el seco redoble de un tamborcillo. Luego, una voz cascada tiembla un pregón jadeoso y largo. Se oyen carreras, calle abajo... Los chiquillos gritan: ¡El tío de las vistas! ¡Las vistas! ¡Las vistas!

En la esquina, una pequeña caja verde con cuatro banderitas rosas, espera sobre su catrecillo, la lente al sol. El viejo toca y toca el tambor. Un grupo de chiquillos sin dinero, las manos en el bolsillo o a la espalda, rodean, mudos, la cajita. A poco, llega otro corriendo, con su perra en la palma de la mano. Se adelanta, pone sus ojos en la lente...

—¡Ahooora se verá... al general Prim...[41] en su caballo blancoooo...! —dice el viejo forastero con fastidio, y toca el tambor.

—¡El puerto... de Barcelonaaaa...! —y más redoble.

Otros niños van llegando con su perra lista, y la adelantan al punto al viejo, mirándolo absortos, dispuestos a comprar su fantasía. El viejo dice:

—¡Ahooora se verá... el castillo de la Habanaaaa! —y toca el tambor...

Platero, que se ha ido con la niña y el perro de enfrente a ver las vistas, mete su cabezota por entre las de los niños, por jugar. El viejo, con un súbito buen humor, le dice: ¡Venga tu perra!

Y los niños sin dinero se ríen todos sin ganas, mirando al viejo con una humilde solicitud aduladora...

[41] Juan Prim y Prats (1814-1870), general y político español que se destacó en la guerra de Marruecos (1859) y por su oposición a la campaña contra México (1862).

L

LA FLOR DEL CAMINO

¡QUÉ pura, Platero, y qué bella esta flor del camino! Pasan a su lado todos los tropeles —los toros, las cabras, los potros, los hombres—, y ella, tan tierna y tan débil, sigue enhiesta, malva y fina, en su vallado solo, sin contaminarse de impureza alguna.

Cada día, cuando, al empezar la cuesta, tomamos el atajo, tú la has visto en su puesto verde. Ya tiene a su lado un pajarillo, que se levanta —¿por qué?— al acercarnos; o está llena, cual una breve copa, del agua clara de una nube de verano; ya consiente el robo de una abeja o el voluble adorno de una mariposa.

Esta flor vivirá pocos días, Platero, aunque su recuerdo podrá ser eterno. Será su vivir como un día de tu primavera, como una primavera de mi vida... ¿Qué le diera yo al otoño, Platero, a cambio de esta flor divina, para que ella fuese, diariamente, el ejemplo sencillo y sin término de la nuestra?

LI

LORD

NO sé si tú, Platero, sabrás ver una fotografía. Yo se las he enseñado a algunos hombres del campo y no veían nada en ellas. Pues éste es *Lord,* Platero, el perrillo *fox-terrier* de que a veces te he hablado. Míralo. Está ¿lo ves? en un cojín de los del patio de mármol, tomando, entre las macetas de geranios, el sol de invierno.

¡Pobre *Lord!* Vino de Sevilla cuando yo estaba allí pintando. Era blanco, casi incoloro de tanta luz, pleno como un muslo de dama, redondo e impetuoso como el agua en la boca de un caño. Aquí y allá, mariposas posadas, unos toques negros. Sus ojos brillantes eran dos breves inmensidades de sentimientos de nobleza. Tenía vena de loco. A veces, sin razón, se ponía a dar vueltas vertiginosas entre las azucenas del patio de mármol, que en mayo lo adornan todo, rojas, azules, amarillas de los cristales traspasados del sol de la montera, como los palomos que pinta don Camilo... Otras se subía a los tejados y promovía un alboroto piador en los nidos de los aviones... La Macaria lo enjabonaba cada mañana y estaba tan radiante siempre como las almenas de la azotea sobre el cielo azul, Platero.

Cuando se murió mi padre, pasó toda la noche velándolo junto a la caja. Una vez que mi madre se puso mala, se echó a los pies de su cama y allí se pasó un mes sin comer ni beber... Vinieron a decir un día a mi casa que un perro rabioso lo había mordido... Hubo que llevarlo a la bodega del Castillo y atarlo allí al naranjo, fuera de la gente.

La mirada que dejó atrás por la callejilla cuando se lo llevaban sigue agujereando mi corazón como entonces, Platero, igual que la luz de una estrella muerta, viva siempre, sobrepasando su nada con la exaltada intensidad de su doloroso sentimiento... Cada vez que un sufrimiento material me punza el corazón, surge ante mí, larga como la vereda de la vida a la eternidad, digo, del arroyo al pino de la Corona, la mirada que *Lord* dejó en él para siempre cual una huella macerada.

LII

EL POZO

¡EL pozo!... Platero, ¡qué palabra tan honda, tan verdinegra, tan fresca, tan sonora! Parece que es la palabra la que taladra, girando, la tierra oscura, hasta llegar al agua fría.

Mira; la higuera adorna y desbarata el brocal. Dentro, al alcance de la mano, ha abierto, entre los ladrillos con verdín, una flor azul de olor penetrante. Una golondrina tiene, más abajo, el nido. Luego, tras un pórtico de sombra yerta, hay un palacio de esmeralda, y un lago, que, al arrojarle una piedra a su quietud, se enfada y gruñe. Y el cielo, al fin.

(La noche entra, y la luna se inflama allá en el fondo, adornada de volubles estrellas. ¡Silencio! Por los caminos se ha ido la vida a lo lejos. Por el pozo se escapa el alma a lo hondo. Se ve por él como el otro lado del crepúsculo. Y parece que va a salir de su boca el gigante de la noche, dueño de todos los secretos del mundo. ¡Oh laberinto quieto y mágico, parque umbrío y fragante, magnético salón encantado!)

—Platero, si algún día me echo a este pozo, no será por matarme, créelo, sino por coger más pronto las estrellas.

Platero rebuzna, sediento y anhelante. Del pozo sale, asustada, revuelta y silenciosa, una golondrina.

LIII

ALBÉRCHIGOS

POR el callejón de la Sal, que retuerce su breve estrechez, violeta de cal con sol y cielo azul, hasta la torre, tapa de su fin, negra y desconchada de esta parte del sur por el constante golpe del viento de la mar; lentos, vienen niño y burro. El niño, hombrecito enanillo y recortado, más chico que su caído sombrero ancho, se mete en su fantástico corazón serrano que le da coplas y coplas bajas:

> ... con grandej fatiguiiiyaaa
> yo je lo pedíaaa...

Suelto, el burro mordisquea la escasa yerba sucia del callejón, levemente abatido por la carguilla de albérchigos. De vez en cuando, el chiquillo, como si tornara un punto a la calle verdadera, se para en seco, abre y aprieta sus desnudas piernecillas terrosas, como para cogerle fuerza, en la tierra, y, ahuecando la voz con la mano, canta duramente, con una voz en la que torna a ser niño en la *e*:

—¡Albéeerchigooo!...

Luego, cual si la venta le importase un bledo —como dice el padre Díaz—, torna a su ensimismado canturreo gitano:

> ... yo a ti no te cuurpooo,
> ni te curparíaaa...

Y le da varazos a las piedras, sin saberlo...

Huele a pan calentito y a pino quemado. Una brisa tarda conmueve levemente la calleja. Canta la súbita campanada gorda que corona las tres, con su adornillo de la campana chica. Luego un repique, nuncio de fiesta, ahoga en su torrente el rumor de la corneta y los cascabeles del coche de la estación, que parte, pueblo arriba, el silencio, que se había dormido. Y el aire trae sobre los tejados un mar ilusorio en su olorosa, movida y refulgente cristalidad, un mar sin nadie también, aburrido de sus olas iguales en su solitario esplendor.

El chiquillo torna a su parada, a su despertar y a su grito:

—¡Albéeerchigooo!...

Platero no quiere andar. Mira y mira al niño y husmea y topa a su burro. Y ambos rucios se entienden en no sé qué movimiento gemelo de cabezas, que recuerda, un punto, el de los osos blancos...

—Bueno, Platero; yo le digo al niño que me dé su burro, y tú te irás con él y serás un vendedor de albérchigos..., ¡ea!

LIV

LA COZ

ÍBAMOS, cortijo de Montemayor[42], al herradero de los novillos. El patio empedrado, ombrío bajo el inmenso y ardiente cielo azul de la tardecita, vibraba sonoro del relinchar de los alegres caballos pujantes, del reír fresco de las mujeres, de los afilados ladridos inquietos de los perros. Platero, en un rincón, se impacientaba.

—Pero, hombre —le dije—, si tú no puedes venir con nosotros; si eres muy chico...

Se ponía tan loco, que le pedí al Tonto que se subiera en él y lo llevara con nosotros.

... Por el campo claro, ¡qué alegre cabalgar! Estaban las marismas risueñas, ceñidas de oro, con el sol en sus espejos rotos, que doblaban los molinos cerrados. Entre el redondo trote duro de los caballos, Platero alzaba su raudo trotecillo agudo, que necesitaba multiplicar insistentemente, como el tren de Riotinto[43] su rodar menudo, para no quedarse solo con el Tonto en el camino. De pronto, sonó como un tiro de pistola. Platero le había rozado la grupa a un fino potro tordo con su boca, y el potro le había respondido con una rápida coz. Nadie hizo caso, pero yo le vi a Platero una mano corrida de sangre. Eché pie a tierra y, con una espina y una crin, le prendí la vena rota. Luego le dije al Tonto que se lo llevara a casa.

Se fueron los dos, lentos y tristes, por el arroyo seco que baja del pueblo, tornando la cabeza al brillante huir de nuestro tropel...

---

[42] Propiedad de su hermana, Ignacia. «Cortijo» significa casa de labor situada en terrenos dedicados al cultivo. El poeta nos da una hermosa evocación de la finca de Montemayor en I, «Rubén Darío español», 1, en *Mi Rubén Darío,* pág. 49.

[43] Pueblo, junto al río del mismo nombre, en la provincia de Huelva. Véase el capítulo XCV, «El río».

Cuando, de vuelta del cortijo, fui a ver a Platero, me lo encontré mustio y doloroso.

—¿Ves —le suspiré—que tú no puedes ir a ninguna parte con los hombres?

LV

ASNOGRAFíA

LEO en un Diccionario: *Asnografía: s. f.*[44]*: se dice, irónicamente, por descripción del asno.*

¡Pobre asno! ¡Tan bueno, tan noble, tan agudo como eres! Irónicamente... ¿Por qué? ¿Ni una descripción seria mereces, tú, cuya descripción cierta sería un cuento de primavera? ¡Si al hombre que es bueno debieran decirle asno! ¡Si al asno que es malo debieran decirle hombre! Irónicamente... De ti, tan intelectual, amigo del viejo y del niño, del arroyo y de la mariposa, del sol y del perro, de la flor y de la luna, paciente y reflexivo, melancólico y amable, Marco Aurelio[45] de los prados...

Platero, que sin duda comprende, me mira fijamente con sus ojazos lucientes, de una blanda dureza, en los que el sol brilla, pequeñito y chispeante en un breve y convexo firmamento verdinegro. ¡Ay! ¡Si su peluda cabezota idílica supiera que yo le hago justicia, que yo soy mejor que esos hombres que escriben Diccionarios, casi tan bueno como él!

Y he puesto al margen del libro: *Asnografía: s. f.: se debe decir, con ironía, ¡claro está!, por descripción del hombre imbécil que escribe Diccionarios.*

---

[44] Sentido figurado.

[45] Marco Aurelio (121-180), emperador y filósofo romano. Es autor de célebres *Pensamientos*, de inspiración estoica.

LVI

CORPUS[46]

ENTRANDO por la calle de la Fuente, de vuelta del huerto, las campanas, que ya habíamos oído tres veces desde los Arroyos, conmueven, con su pregonera coronación de bronce, el blanco pueblo. Su repique voltea y voltea entre el chispeante y estruendoso subir de los cohetes, negros en el día, y la chillona metalería de la música.

La calle, recién encalada y ribeteada de almagra, verdea toda, vestida de chopos y juncias. Lucen las ventanas colchas de damasco granate, de percal amarillo, de celeste raso, y, donde hay luto, de lana cándida, con cintas negras. Por las últimas casas, en la vuelta del Porche, aparece, tarda, la Cruz de los espejos, que, entre los destellos del poniente, recoge ya la luz de los cirios rojos que lo gotean todo de rosa. Lentamente, pasa la procesión. La bandera carmín, y San Roque, Patrón de los panaderos, cargado de tiernas roscas; la bandera glauca, y San Telmo, Patrón de los marineros, con su navío de plata en las manos; la bandera gualda, y San Isidro, Patrón de los labradores, con su yuntita de bueyes; y más banderas de más colores, y más Santos, y luego, Santa Ana, dando lección a la Virgen niña, y San José, pardo, y la Inmaculada, azul... Al fin, entre la guardia civil, la Custodia, ornada de espigas granadas y de esmeraldinas uvas agraces su calada platería, despaciosa en su nube celeste de incienso.

En la tarde que cae, se alza, limpio, el latín andaluz de los salmos. El sol, ya rosa, quiebra su rayo bajo, que viene por la calle del Río, en la cargazón de oro viejo de

46 Corpus Christi, fiesta católica para conmemorar la institución de la Eucaristía. Se celebra el jueves siguiente a la octava de Pentecostés.

las dalmáticas y las capas pluviales. Arriba, en derredor de la torre escarlata, sobre el ópalo terso de la hora serena de junio, las palomas tejen sus altas guirnaldas de nieve encendida...

Platero, en aquel hueco de silencio, rebuzna. Y su mansedumbre se asocia, con la campana, con el cohete, con el latín y con la música de Modesto, que tornan al punto, al claro misterio del día; y el rebuzno se le endulza, altivo, y, rastrero, se le diviniza...

LVII

PASEO

POR los hondos caminos del estío, colgados de tiernas madreselvas, ¡cuán dulcemente vamos! Yo leo, o canto, o digo versos al cielo. Platero mordisquea la hierba escasa de los vallados en sombra, la flor empolvada de las malvas, las vinagreras amarillas. Está parado más tiempo que andando. Yo lo dejo...

El cielo azul, azul, azul, asaeteado de mis ojos en arrobamiento, se levanta, sobre los almendros cargados, a sus últimas glorias. Todo el campo, silencioso y ardiente, brilla. En el río, una velita blanca se eterniza, sin viento. Hacia los montes la compacta humareda de un incendio hincha sus redondas nubes negras.

Pero nuestro caminar es bien corto. Es como un día suave e indefenso, en medio de la vida múltiple. ¡Ni la apoteosis del cielo, ni el ultramar a que va el río, ni siquiera la tragedia de las llamas!

Cuando, entre un olor a naranjas, se oye el hierro alegre y fresco de la noria, Platero rebuzna y retoza alegremente. ¡Qué sencillo placer diario! Ya en la alberca, yo lleno mi vaso y bebo aquella nieve líquida. Platero sume en el agua umbría su boca, y bebotea, aquí y allá, en lo más limpio, avaramente...

LVIII

LOS GALLOS

NO sé a qué comparar el malestar aquél, Platero... Una agudeza grana y oro que no tenía el encanto de la bandera de nuestra patria sobre el mar o sobre el cielo azul... Sí. Tal vez una bandera española sobre el cielo azul de una plaza de toros... mudéjar.., como las estaciones de Huelva a Sevilla. Rojo y amarillo de disgusto, como en los libros de Galdós, en las muestras de los estancos, en los cuadros malos de la otra guerra de África...[47]. Un malestar como el que me dieron siempre las barajas de naipes finos con los hierros de los ganaderos en los oros, los cromos de las cajas de tabacos y de las cajas de pasas, las etiquetas de las botellas de vino, los premios del colegio del Puerto[48], las estampitas del chocolate...

¿A qué iba yo allí o quién me llevaba? Me parecía el mediodía de invierno caliente, como un cornetín de la banda de Modesto... Olía a vino nuevo, a chorizo en regüeldo, a tabaco... Estaba el diputado, con el alcalde y el Litri[49], ese torero gordo y lustroso de Huelva... La plaza del reñidero era pequeña y verde; y la limitaban,

[47] Esta frase nos recuerda que España estaba metida en guerras coloniales en Marruecos precisamente durante la composición de *Platero y yo*. «La otra guerra de África» debe de referirse a guerras sostenidas en Marruecos en el siglo XIX. Véase la nota 41 sobre Prim.

[48] El colegio de los gesuitas en el Puerto de Santa María (Cádiz), donde el poeta fue estudiante interno durante tres años (1893-1896).

[49] Don Francisco H.-Pinzón Jiménez comunica la siguiente nota muy interesante: «Los "Litri" son una dinastía de toreros. Creo que ese "Litri" debe ser el padre del que murió joven en 1932, que se casó con la novia de su hijo muerto y tuvieron otro famoso "Litri", ahora retirado, al que está siguiendo también su hijo con gran maestría. Son al menos cuatro distintos en la familia.»

desbordando sobre el aro de madera, caras congestionadas, como vísceras de vaca en carro o de cerdo en matanza, cuyos ojos sacaba el calor, el vino y el empuje de la carnaza del corazón chocarrero. Los gritos salían de los ojos... Hacía calor y todo —¡tan pequeño: un mundo de gallos!— estaba cerrado.

Y en el rayo ancho del alto sol, que atravesaban sin cesar, dibujándolo como un cristal turbio, nubaradas de lentos humos azules, los pobres gallos ingleses, dos monstruosas y agrias flores carmines, se despedazaban, cogiéndose los ojos, clavándose, en saltos iguales, los odios de los hombres, rajándose del todo con los espolones con limón... o con veneno. No hacían ruido alguno, ni veían, ni estaban allí siquiera...

Pero y yo, ¿por qué estaba allí y tan mal? No sé... De vez en cuando, miraba con infinita nostalgia, por una lona rota que, trémula en el aire, me parecía la vela de un bote de la Ribera, un naranjo sano que en el sol puro de fuera aromaba el aire con su carga blanca de azahar... ¡Qué bien —perfumaba mi alma— ser naranjo en flor, ser viento puro, ser sol alto!

... Y, sin embargo, no me iba...

LIX

ANOCHECER

EN el recogimiento pacífico y rendido de los crepúsculos del pueblo, ¡qué poesía cobra la adivinación de lo lejano, el confuso recuerdo de lo apenas conocido! Es un encanto contagioso que retiene todo el pueblo como enclavado en la cruz de un triste y largo pensamiento.

Hay un olor al nutrido grano limpio que, bajo las frescas estrellas, amontona en las eras sus vagas colinas —¡oh Salomón!— tiernas y amarillentas. Los trabajadores canturrean por lo bajo, en un soñoliento cansancio. Sentadas en los zaguanes, las viudas piensan en los muertos, que duermen tan cerca, detrás de los corrales. Los niños corren, de una sombra a otra, como vuelan de un árbol a otro los pájaros...

Acaso, entre la luz ombría que perdura en las fachadas de cal de las casas humildes, que ya empiezan a enrojecer las farolas de petróleo, pasan vagas siluetas terrosas, calladas, dolientes —un mendigo nuevo, un portugués que va hacia las rozas, un ladrón acaso—, que contrastan, en su oscura apariencia medrosa, con la mansedumbre que el crepúsculo malva, lento y místico, pone en las cosas conocidas... Los chiquillos se alejan, y en el misterio de las puertas sin luz, se habla de unos hombres que «sacan el unto a los niños para curar a la hija del rey, que está hética»...

LX

EL SELLO

AQUÉL tenía la forma de un reloj, Platero. Se abría la cajita de plata y aparecía, apretado contra el paño de tinta morada, como un pájaro en su nido. ¡Qué ilusión cuando, después de oprimirlo un momento contra la palma blanca, fina y malva de mi mano, aparecía en ella la estampilla:

FRANCISCO RUIZ
MOGUER.

¡Cuánto soñé yo con aquel sello de mi amigo del colegio de don Carlos![50]. Con una imprentilla que me encontré arriba, en el escritorio viejo de mi casa, intenté formar uno con mi nombre. Pero no quedaba bien, y sobre todo, era difícil la impresión. No era como el otro, que con tal facilidad dejaba, aquí y allá, en un libro, en la pared, en la carne, su letrero:

FRANCISCO RUIZ
MOGUER.

Un día vino a mi casa, con Arias, el platero de Sevilla, un viajante de escritorio. ¡Qué embeleso de reglas, de compases, de tintas de colores, de sellos! Los había de todas las formas y tamaños. Yo rompí mi alcancía, y con un duro que me encontré, encargué un sello con mi nombre y pueblo. ¡Qué larga semana aquélla! ¡Qué latirme el corazón cuando llegaba el coche del correo! ¡Qué

---

[50] Don Carlos Girona y Mexía era el primer y el más querido director del colegio de primera y segunda enseñanza de San José, cuando Juan Ramón cursó los años de primaria y elemental.

sudor triste cuando se alejaban, en la lluvia, los pasos del cartero! Al fin, una noche, me lo trajo. Era un breve aparato complicado, con lápiz, pluma, iniciales para lacre... ¡qué sé yo! Y dando a un resorte, aparecía la estampilla, nuevecita, flamante.

¿Quedó algo por sellar en mi casa? ¿Qué no era mío? Si otro me pedía el sello —¡cuidado, que se va a gastar!—, ¡qué angustia! Al día siguiente, con qué prisa alegre llevé al colegio todo, libros, blusa, sombrero, botas, manos, con el letrero:

JUAN RAMÓN JIMÉNEZ
MOGUER.

LXI

LA PERRA PARIDA

LA perra de que te hablo, Platero, es la de Lobato, el tirador. Tú la conoces bien, porque la hemos encontrado muchas veces por el camino de los Llanos... ¿Te acuerdas? Aquella dorada y blanca, como un poniente anubarrado de mayo... Parió cuatro perritos, y Salud, la lechera, se los llevó a su choza de las Madres porque se le estaba muriendo un niño y don Luis le había dicho que le diera caldo de perritos. Tú sabes bien lo que hay de la casa de Lobato al puente de las Madres, por la pasada de las Tablas...

Platero, dicen que la perra anduvo como loca todo aquel día, entrando y saliendo, asomándose a los caminos, encaramándose en los vallados, oliendo a la gente... Todavía a la oración la vieron, junto a la casilla del celador, en los Hornos, aullando tristemente sobre unos sacos de carbón, contra el ocaso.

Tú sabes bien lo que hay de la calle de Enmedio a la pasada de las Tablas... Cuatro veces fue y vino la perra durante la noche, y cada una se trajo a un perrito en la boca, Platero. Y al amanecer, cuando Lobato abrió su puerta, estaba la perra en el umbral mirando dulcemente a su amo, con todos los perritos agarrados, en torpe temblor, a sus tetillas rosadas y llenas...

LXII

ELLA Y NOSOTROS

PLATERO; acaso ella se iba —¿adónde?— en aquel tren negro y soleado que, por la vía alta, cortándose sobre los nubarrones blancos, huía hacia el norte.

Yo estaba abajo, contigo, en el trigo amarillo y ondeante, goteado todo de sangre de amapolas a las que ya julio ponía la coronita de ceniza. Y las nubecillas de vapor celeste —¿te acuerdas?— entristecían un momento el sol y las flores, rodando vanamente hacia la nada...

¡Breve cabeza rubia, velada de negro!... Era como el retrato de la ilusión en el marco fugaz de la ventanilla.

Tal vez ella pensara: —¿Quiénes serán ese hombre enlutado y ese burrillo de plata?

¡Quiénes habíamos de ser! Nosotros.., ¿verdad, Platero?

LXIII

GORRIONES

LA mañana de Santiago[51] está nublada de blanco y gris, como guardada en algodón. Todos se han ido a misa. Nos hemos quedado en el jardín los gorriones, Platero y yo.

¡Los gorriones! Bajo las redondas nubes, que, a veces, llueven unas gotas finas, ¡cómo entran y salen en la enredadera, cómo chillan, cómo se cogen de los picos! Éste cae sobre una rama, se va y la deja temblando; el otro se bebe un poquito de cielo en un charquillo del brocal del pozo; aquél ha saltado al tejadillo del alpende, lleno de flores casi secas, que el día pardo aviva.

¡Benditos pájaros, sin fiesta fija! Con la libre monotonía de lo nativo, de lo verdadero, nada, a no ser una dicha vaga, les dicen a ellos las campanas. Contentos, sin fatales obligaciones, sin esos olimpos ni esos avernos que extasían o que amedrentan a los pobres hombres esclavos, sin más moral que la suya, ni más Dios que lo azul, son mis hermanos, mis dulces hermanos.

Viajan sin dinero y sin maletas; mudan de casa cuando se les antoja; presumen un arroyo, presienten una fronda, y sólo tienen que abrir sus alas para conseguir la felicidad; no saben de lunes ni de sábados; se bañan en todas partes, a cada momento; aman el amor sin nombre, la amada universal.

Y cuando las gentes, ¡las pobres gentes!, se van a misa los domingos, cerrando las puertas, ellos, en un alegre ejemplo de amor sin rito, se vienen de pronto, con su algarabía fresca y jovial, al jardín de las casas cerradas, en las que algún poeta, que ya conocen bien, y algún burrillo tierno —¿te juntas conmigo?— los contemplan fraternales.

---

[51] El día de Santiago, 25 de julio. Día de gran fiesta en conmemoración de Santiago, el Patrón de España.

LXIV

FRASCO VÉLEZ

HOY no se puede salir, Platero. Acabo de leer en la plazoleta de los Escribanos el bando del alcalde:

«Todo Can que transite por los andantes de esta Noble Ciudad de Moguer, sin su correspondiente *Sálamo* o bozal, será pasado por las armas por los Agentes de mi Autoridad.»

Eso quiere decir, Platero, que hay perros rabiosos en el pueblo. Ya ayer noche, he estado oyendo tiros y más tiros de la «Guardia municipal nocturna consumera volante», creación también de Frasco Vélez, por el Monturrio, por el Castillo, por los Trasmuros.

Lolilla, la tonta, dice alto por las puertas y ventanas, que no hay tales perros rabiosos, y que nuestro alcalde actual, así como el otro, Vasco, vestía al Tonto de fantasma, busca la soledad que dejan sus tiros, para pasar su aguardiente de pita y de higo. Pero, ¿y si fuera verdad y te mordiera un perro rabioso? ¡No quiero pensarlo, Platero!

LXV

EL VERANO

PLATERO va chorreando sangre, una sangre espesa y morada, de las picaduras de los tábanos. La chicharra sierra un pino, que nunca llega... Al abrir los ojos, después de un inmenso sueño instantáneo, el paisaje de arena se me torna blanco, frío en su ardor, espectral.

Están los jarales bajos constelados de sus grandes flores vagas, rosas de humo, de gasa, de papel de seda, con las cuatro lágrimas de carmín; y una calina que asfixia, enyesa los pinos chatos. Un pájaro nunca visto, amarillo con lunares negros, se eterniza, mudo, en una rama.

Los guardas de los huertos suenan el latón para asustar a los rabúos, que vienen, en grandes bandos celestes, por naranjas... Cuando llegamos a la sombra del nogal grande, rajo dos sandías, que abren su escarcha grana y rosa en un largo crujido fresco. Yo me como la mía lentamente, oyendo, a lo lejos, las vísperas del pueblo. Platero se bebe la carne de azúcar de la suya, como si fuese agua.

LXVI

FUEGO EN LOS MONTES

¡LA campana gorda!... Tres... cuatro toques... —¡Fuego!

Hemos dejado la cena, y, encogido el corazón por la negra angostura de la escalerilla de madera, hemos subido, en alborotado silencio afanoso, a la azotea.

... ¡En el campo de Lucena![52] —grita Anilla, que ya estaba arriba, escalera abajo, antes de salir nosotros a la noche...— ¡Tan, tan, tan, tan! Al llegar afuera —¡qué respiro!— la campana limpia su duro golpe sonoro y nos amartilla los oídos y nos aprieta el corazón.

—Es grande, es grande... Es un buen fuego...

Sí. En el negro horizonte de pinos, la llama distante parece quieta en su recortada limpidez. Es como un esmalte negro y bermellón, igual a aquella «Caza» de Piero di Cosimo[53], en donde el fuego está pintado sólo con negro, rojo y blanco puros. A veces brilla con mayor brío; otras lo rojo se hace casi rosa, del color de la luna naciente... La noche de agosto es alta y parada, y se diría que el fuego está ya en ella para siempre, como un elemento eterno... Una estrella fugaz corre medio cielo y se sume en el azul, sobre las Monjas... Estoy conmigo...

Un rebuzno de Platero, allá abajo, en el corral, me trae a la realidad... Todos han bajado... Y en un escalofrío, con que la blandura de la noche, que ya va a la vendimia, me hiere, siento como si acabara de pasar junto a mí aquel hombre que yo creía en mi niñez que quemaba los montes, una especie de Pepe el Pollo —Oscar

---

[52] Pequeño pueblo vecino de Moguer.

[53] Piero di Cosimo (1462-1521), pintor italiano, nacido en Florencia, conocido por sus pinturas mitológicas que combinan un sentido realista de la naturaleza con una fantasía romántica.

Wilde[54], moguereño—, ya un poco viejo, moreno y con rizos canos, vestida su afeminada redondez con una chupa negra y un pantalón de grandes cuadros en blanco y marrón, cuyos bolsillos reventaban de largas cerillas de Gibraltar...

54 Oscar Wilde (1854-1900), escritor inglés, nacido en Dublín, importante en el desarrollo del drama inglés moderno. Personaje extravagante, fue acusado de inmoralidad y encarcelado.

LXVII

EL ARROYO

ESTE arroyo, Platero, seco ahora, por el que vamos a la dehesa de los Caballos, está en mis viejos libros amarillos, unas veces como es, al lado del pozo ciego de su prado, con sus amapolas pasadas de sol y sus damascos caídos; otras, en superposiciones y cambios alegóricos, mudado, en mi sentimiento, a lugares remotos, no existentes o sólo sospechados...

Por él, Platero, mi fantasía de niño brilló sonriendo, como un vilano[55] al sol, con el encanto de los primeros hallazgos, cuando supe que él, el arroyo de los Llanos, era el mismo arroyo que parte el camino de San Antonio por su bosquecillo de álamos cantores; que andando por él, seco, en verano, se llegaba aquí; que, echando un barquito de corcho allí, en los álamos, en invierno, venía hasta estos granados, por debajo del puente de las Angustias, refugio mío cuando pasaban toros...

¡Qué encanto éste de las imaginaciones de la niñez, Platero, que yo no sé si tú tienes o has tenido! Todo va y viene, en trueques deleitosos; se mira todo y no se ve, más que como estampa momentánea de la fantasía... Y anda uno semiciego, mirando tanto adentro como afuera, volcando, a veces, en la sombra del alma la carga de imágenes de la vida, o abriendo al sol, como una flor cierta y poniéndola en una orilla verdadera, la poesía, que luego nunca más se encuentra, del alma iluminada.

---

[55] Milano y vilano son lo mismo y en Moguer, concretamente, se usa vilano para designar al pájaro. Dato que debo a don Francisco H.-Pinzón Jiménez.

LXVIII

DOMINGO

LA pregonera vocinglería de la esquila de vuelta, cercana ya, ya distante, resuena en el cielo de la mañana de fiesta como si todo el azul fuera de cristal. Y el campo, un poco enfermo ya, parece que se dora de las notas caídas del alegre revuelo florido.

Todos, hasta el guarda, se han ido al pueblo para ver la procesión. Nos hemos quedado solos Platero y yo. ¡Qué paz! ¡Qué pureza! ¡Qué bienestar! Dejo a Platero en el prado alto, y yo me echo, bajo un pino lleno de pájaros que no se van, a leer. Omar Khayyám...[56].

En el silencio que queda entre dos repiques, el hervidero interno de la mañana de setiembre cobra presencia y sonido. Las avispas orinegras vuelan en torno de la parra cargada de sanos racimos moscateles, y las mariposas, que andan confundidas con las flores, parece que se renuevan, en una metamorfosis de colorines, al revolar. Es la soledad como un gran pensamiento de luz.

De vez en cuando, Platero deja de comer, y me mira... Yo, de vez en cuando, dejo de leer, y miro a Platero...

---

[56] Omar Khayyám, poeta y matemático persa, muerto hacia 1132, autor de cuartetos de inspiración sensual y melancólica, de tono escéptico y místico *(Rubaiyat)*.

LXIX

EL CANTO DEL GRILLO

PLATERO y yo conocemos bien, de nuestras correrías nocturnas, el canto del grillo.

El primer canto del grillo, en el crepúsculo, es vacilante, bajo y áspero. Muda de tono, aprende de sí mismo y, poco a poco, va subiendo, va poniéndose en su sitio, como si fuera buscando la armonía del lugar y de la hora. De pronto, ya las estrellas en el cielo verde y trasparente, cobra el canto un dulzor melodioso de cascabel libre.

Las frescas brisas moradas van y vienen; se abren del todo las flores de la noche y vaga por el llano una esencia pura y divina, de confundidos prados azules, celestes y terrestres. Y el canto del grillo se exalta, llena todo el campo, es cual la voz de la sombra. No vacila ya, ni se calla. Como surtiendo de sí propio, cada nota es gemela de la otra, en una hermandad de oscuros cristales.

Pasan, serenas, las horas. No hay guerra en el mundo y duerme bien el labrador, viendo el cielo en el fondo alto de su sueño. Tal vez el amor, entre las enredaderas de una tapia, anda extasiado, los ojos en los ojos. Los habares mandan al pueblo mensajes de fragancia tierna, cual en una libre adolescencia candorosa y desnuda. Y los trigos ondean, verdes de luna, suspirando al viento de las dos, de las tres, de las cuatro... El canto del grillo, de tanto sonar, se ha perdido...

¡Aquí está! ¡Oh canto del grillo por la madrugada, cuando, corridos de escalofríos, Platero y yo nos vamos a la cama por las sendas blancas de relente! La luna se cae, rojiza y soñolienta. Ya el canto está borracho de luna, embriagado de estrellas, romántico, misterioso, profuso. Es cuando unas grandes nubes luctuosas, bordeadas de un malva azul y triste, sacan el día de la mar, lentamente...

LXX

LOS TOROS

¿A que no sabes, Platero, a qué venían esos niños? A ver si yo les dejaba que te llevasen para pedir contigo la llave en los toros de esta tarde. Pero no te apures tú. Ya les he dicho que no lo piensen siquiera...

¡Venían locos, Platero! Todo el pueblo está conmovido con la corrida. La banda toca desde el alba, rota ya y desentonada, ante las tabernas; van y vienen coches y caballos calle Nueva arriba, calle Nueva abajo. Ahí detrás, en la calleja, están preparando el Canario, ese coche amarillo que les gusta tanto a los niños, para la cuadrilla. Los patios se quedan sin flores, para las presidentas. Da pena ver a los muchachos andando torpemente por las calles con sus sombreros anchos, sus blusas, su puro, oliendo a cuadra y a aguardiente...

A eso de las dos, Platero, en ese instante de soledad con sol, en ese hueco claro del día, mientras diestros y presidentas se están vistiendo, tú y yo saldremos por la puerta falsa y nos iremos por la calleja al campo, como el año pasado...

¡Qué hermoso el campo en estos días de fiesta en que todos lo abandonan! Apenas si en un majuelo, en una huerta, un viejecito se inclina sobre la cepa agria, sobre el regato puro... A lo lejos sube sobre el pueblo, como una corona chocarrera, el redondo vocerío, las palmas, la música de la plaza de toros, que se pierden a medida que uno se va, sereno, hacia la mar... Y el alma, Platero, se siente reina verdadera de lo que posee por virtud de su sentimiento, del cuerpo grande y sano de la naturaleza que, respetado, da a quien lo merece el espectáculo sumiso de su hermosura resplandeciente y eterna.

LXXI

TORMENTA

MIEDO. Aliento contenido. Sudor frío. El terrible cielo bajo ahoga el amanecer. (No hay por dónde escapar.) Silencio... El amor se para. Tiembla la culpa. El remordimiento cierra los ojos. Más silencio...

El trueno, sordo, retumbante, interminable, como un bostezo que no acaba del todo, como una enorme carga de piedra que cayera del cenit al pueblo, recorre, largamente, la mañana desierta. (No hay por dónde huir.) Todo lo débil —flores, pájaros— desaparece de la vida.

Tímido, el espanto mira, por la ventana entreabierta, a Dios, que se alumbra trágicamente. Allá en oriente, entre desgarrones de nubes, se ven malvas y rosas tristes, sucios, fríos, que no pueden vencer la negrura. El coche de las seis, que parecen las cuatro, se siente por la esquina, en un diluvio, cantando el cochero por espantar el miedo. Luego, un carro de la vendimia, vacío, de prisa...

¡Angelus! Un Angelus duro y abandonado, solloza entre el tronido. ¿El último Angelus del mundo? Y se quiere que la campana acabe pronto, o que suene más, mucho más, que ahogue la tormenta. Y se va de un lado a otro, y se llora, y no se sabe lo que se quiere...

(No hay por dónde escapar.) Los corazones están yertos. Los niños llaman desde todas partes...

—¿Qué será de Platero, tan solo en la indefensa cuadra del corral?

LXXII

VENDIMIA

ESTE año, Platero, ¡qué pocos burros han venido con uva![57]. Es en balde que los carteles digan con grandes letras: A SEIS REALES. ¿Dónde están aquellos burros de Lucena, de Almonte, de Palos[58], cargados de oro líquido, prieto, chorreante, como tú, conmigo, de sangre; aquellas recuas que esperaban horas y horas mientras se desocupaban los lagares? Corría el mosto por las calles, y las mujeres y los niños llenaban cántaros, orzas, tinajas...

¡Qué alegres en aquel tiempo las bodegas, Platero, la bodega del Diezmo! Bajo el gran nogal que cayó el tejado, los bodegueros lavaban, cantando, las botas con un fresco, sonoro y pesado cadeneo[59]; pasaban los trasegadores, desnuda la pierna, con las jarras de mosto o de sangre de toro, vivas y espumeantes; y allá en el fondo, bajo el alpende, los toneleros daban redondos golpes huecos, metidos en la limpia viruta olorosa... Yo entraba en Almirante por una puerta y salía por la otra —las dos alegres puertas correspondidas, cada una de las cuales le daba a la otra su estampa de vida y de luz—, entre el cariño de los bodegueros...

Veinte lagares pisaban día y noche. ¡Qué locura, qué vértigo, qué ardoroso optimismo! Este año, Platero, todos están con las ventanas tabicadas y basta y sobra con el del corral y con dos o tres lagareros.

---

[57] Gómez Yebra señala en su edición de *Platero* que «la causa de la escasez de uva venía determinada por la plaga de la filoxera que había arrasado casi todos los viñedos andaluces en el último decenio del XIX», pág. 167.

[58] Lucena, Almonte, Palos —pequeños pueblos cercanos a Moguer.

[59] Para limpiar los toneles de vino (botas) se utilizaban cadenas que se arrastraban en su interior.

Y ahora, Platero, hay que hacer algo, que siempre no vas a estar de holgazán.

... Los otros burros han estado mirando, cargados, a Platero, libre y vago; y para que no lo quieran mal ni piensen mal de él, me llego con él a la era vecina, lo cargo de uva y lo paso al lagar, bien despacio, por entre ellos... Luego me lo llevo de allí disimuladamente...

LXXIII

NOCTURNO

DEL pueblo en fiesta, rojamente iluminado hacia el cielo, vienen agrios valses nostálgicos en el viento suave. La torre se ve, cerrada, lívida, muda y dura, en un errante limbo violeta, azulado, pajizo... Y allá, tras las bodegas oscuras del arrabal, la luna caída, amarilla y soñolienta, se pone, solitaria, sobre el río.

El campo está solo con sus árboles y con la sombra de sus árboles. Hay un canto roto de grillo, una conversación sonámbula de aguas ocultas, una blandura húmeda, como si se deshiciesen las estrellas... Platero, desde la tibieza de su cuadra, rebuzna tristemente.

La cabra andará despierta, y su campanilla insiste agitada, dulce luego. Al fin, se calla... A lo lejos, hacia Montemayor, rebuzna otro asno... Otro, luego, por el Vallejuelo... Ladra un perro...

Es la noche tan clara, que las flores del jardín se ven de su color, como en el día. Por la última casa de la calle de la Fuente, bajo una roja y vacilante farola, tuerce la esquina un hombre solitario... ¿yo? No, yo, en la fragante penumbra celeste, móvil y dorada, que hacen la luna, las lilas, la brisa y la sombra, escucho mi hondo corazón sin par...

La esfera gira, sudorosa y blanda...

LXXIV

SARITO

PARA la vendimia, estando yo una tarde grana en la viña del arroyo, las mujeres me dijeron que un negrito preguntaba por mí.

Iba yo hacia la era, cuando él venia ya vereda abajo:

—¡Sarito!

Era Sarito, el criado de Rosalina[60], mi novia portorriqueña. Se había escapado de Sevilla para torear por los pueblos, y venía de Niebla[61], andando, el capote, dos veces colorado, al hombro, con hambre y sin dinero.

Los vendimiadores lo acechaban de reojo, en un mal disimulado desprecio[62]; las mujeres, más por los hombres que por ellas, lo evitaban. Antes, al pasar por el lagar, se había peleado ya con un muchacho que le había partido una oreja de un mordisco.

Yo le sonreía y le hablaba afable. Sarito, no atreviéndose a acariciarme a mí mismo, acariciaba a Platero, que andaba por allí comiendo uva; y me miraba, en tanto, noblemente...

---

[60] En Sevilla, en 1896, Juan Ramón se enamoró de Rosalina Brau, hija del historiador y poeta puertorriqueño Salvador Brau.

[61] Pueblo en la provincia de Huelva, situado en la carretera principal de Huelva a Sevilla.

[62] Don Francisco H.-Pinzón Jiménez me ha enviado esta interesante comunicación: «Creo que Juan Ramón se quería referir a los descendientes de negros existentes en Moguer y la comarca (Huelva, Gibraltar, etc.) que creaban un verdadero problema racial en la zona, y que se refleja levemente en "Sarito".» Esta observación es confirmada por variantes inéditas, que revelan más claramente una conciencia del problema racial. Véase Ricardo Gullón, *PSA*, XVI, págs. 141, 142 y el comentario de Gullón en la página 267.

LXXV

ÚLTIMA SIESTA

¡QUÉ triste belleza, amarilla y descolorida, la del sol de la tarde, cuando me despierto bajo la higuera!

Una brisa seca, embalsamada de derretida jara, me acaricia el sudoroso despertar. Las grandes hojas, levemente movidas, del blando árbol viejo, me enlutan o me deslumbran. Parece que me mecieran suavemente en una cuna que fuese del sol a la sombra, de la sombra al sol.

Lejos, en el pueblo desierto, las campanas de las tres suenan las vísperas[63], tras el oleaje de cristal del aire. Oyéndolas, Platero, que me ha robado una gran sandía de dulce escarcha grana, de pie, inmóvil, me mira con sus enormes ojos vacilantes, en los que le anda una pegajosa mosca verde.

Frente a sus ojos cansados, mis ojos se me cansan otra vez... Torna la brisa, cual una mariposa que quisiera volar y a la que, de pronto, se le doblaron las alas... las alas... mis párpados flojos, que, de pronto, se cerraran...

---

63 Don Francisco H.-Pinzón Jiménez confirma que «en Moguer siempre hubo tres toques de campanas diarios: a las doce el "Angelus", a las tres las "Visperas", y a la puesta de sol la "Oración"».

LXXVI

LOS FUEGOS

PARA septiembre, en las noches de velada, nos poníamos en el cabezo que hay detrás de la casa del huerto, a sentir el pueblo en fiesta desde aquella paz fragante que emanaban los nardos de la alberca. Pioza, el viejo guarda de viñas, borracho en el suelo de la era, tocaba cara a la luna, hora tras hora, su caracol.

Ya tarde, quemaban los fuegos. Primero eran sordos estampidos enanos; luego, cohetes sin cola, que se abrían arriba, en un suspiro, cual un ojo estrellado que viese, un instante, rojo, morado, azul, el campo; y otros cuyo esplendor caía como una doncellez desnuda que se doblara de espaldas, como un sauce de sangre que gotease flores de luz. ¡Oh, qué pavos reales encendidos, qué macizos aéreos de claras rosas, qué faisanes de fuego por jardines de estrellas!

Platero, cada vez que sonaba un estallido, se estremecía, azul, morado, rojo en el súbito iluminarse del espacio; y en la claridad vacilante, que agrandaba y encogía su sombra sobre el cabezo, yo veía sus grandes ojos negros que me miraban asustados.

Cuando, como remate, entre el lejano vocerío del pueblo, subía al cielo constelado la áurea corona giradora del castillo, poseedora del trueno gordo, que hace cerrar los ojos y taparse los oídos a las mujeres, Platero huía entre las cepas, como alma que lleva el diablo, rebuznando enloquecido hacia los tranquilos pinos en sombra.

LXXVII

EL VERGEL

COMO hemos venido a la Capital[64], he querido que Platero vea El Vergel... Llegamos despacito, verja abajo, en la grata sombra de las acacias y de los plátanos, que están cargados todavía. El paso de Platero resuena en las grandes losas que abrillanta el riego, azules de cielo a trechos y a trechos blancas de flor caída que, con el agua, exhala un vago aroma dulce y fino.

¡Qué frescura y qué olor salen del jardín, que empapa también el agua, por la sucesión de claros de yedra goteante de la verja! Dentro, juegan los niños. Y entre su oleada blanca, pasa, chillón y tintineador, el cochecillo del paseo, con sus banderitas moradas y su toldillo verde; el barco del avellanero, todo engalanado de granate y oro, con las jarcias ensartadas de cacahuetes y su chimenea humeante; la niña de los globos, con su gigantesco racimo volador, azul, verde y rojo; el barquillero, rendido bajo su lata roja... En el cielo, por la masa de verdor tocado ya del mal del otoño, donde el ciprés y la palmera perduran, mejor vistos, la luna amarillenta se va encendiendo, entre nubecillas rosas...

Ya en la puerta, y cuando voy a entrar en el vergel, me dice el hombre azul que lo guarda con su caña amarilla y su gran reloj de plata:

—Er burro no pué'ntrá, zeñó.

—¿El burro? ¿Qué burro? —le digo yo, mirando más allá de Platero, olvidado, naturalmente, de su forma animal.

—¡Qué burro ha de zé, zeñó; qué burro ha de zéee...!

Entonces, ya en la realidad, como Platero «no puede entrar» por ser burro, yo, por ser hombre, no quiero entrar, y me voy de nuevo con él, verja arriba, acariciándole y hablándole de otra cosa...

---

[64] Huelva, la capital de la provincia.

LXXVIII

LA LUNA

PLATERO acababa de beberse dos cubos de agua con estrellas en el pozo del corral, y volvía a la cuadra, lento y distraído, entre los altos girasoles. Yo le aguardaba en la puerta, echado en el quicio de cal y envuelto en la tibia fragancia de los heliotropos.

Sobre el tejadillo, húmedo de las blanduras de setiembre, dormía el campo lejano, que mandaba un fuerte aliento de pinos. Una gran nube negra, como una gigantesca gallina que hubiese puesto un huevo de oro, puso la luna sobre una colina.

Yo le dije a la luna:

... Ma sola
ha questa luna in ciel, che da nessuno
cader fu vista mai se non in sogno[65].

Platero la miraba fijamente y sacudía, con un duro ruido blando, una oreja. Me miraba absorto y sacudía la otra...

---

65 ... Pero sola
tiene esta luna en el cielo, que nadie
ha visto caer jamás si no en sueños.

Estos versos finalizan el fragmento lírico, núm. XXXVII, «Odi, Melisso...», de los *Canti* del poeta italiano Giacomo Leopardi (1798-1837). Véase la edición de G. de Robertis (Florencia: Le Monnier, 1960), página 363. Agradezco mucho la identificación de estos versos a mi amigo y colega Benito Brancaforte.

LXXIX

ALEGRÍA

PLATERO juega con Diana, la bella perra blanca que se parece a la luna creciente, con la vieja cabra gris, con los niños...

Salta Diana, ágil y elegante, delante del burro, sonando su leve campanilla, y hace como que le muerde los hocicos. Y Platero, poniendo las orejas en punta, cual dos cuernos de pita, la embiste blandamente y la hace rodar sobre la hierba en flor.

La cabra va al lado de Platero, rozándose a sus patas, tirando con los dientes de la punta de las espadañas de la carga. Con una clavellina o con una margarita en la boca, se pone frente a él, le topa en el testuz, y brinca luego, y bala alegremente, mimosa igual que una mujer...

Entre los niños, Platero es de juguete. ¡Con qué paciencia sufre sus locuras! ¡Cómo va despacito, deteniéndose, haciéndose el tonto, para que ellos no se caigan! ¡Cómo los asusta, iniciando, de pronto, un trote falso!

¡Claras tardes del otoño moguereño! Cuando el aire puro de octubre afila los límpidos sonidos, sube del valle un alborozo idílico de balidos, de rebuznos, de risas de niños, de ladreos y de campanillas...

LXXX

PASAN LOS PATOS

HE ido a darle agua a Platero. En la noche serena, toda de nubes vagas y estrellas, se oye, allá arriba, desde el silencio del corral, un incesante pasar de claros silbidos.

Son los patos. Van tierra adentro, huyendo de la tempestad marina. De vez en cuando, como si nosotros hubiéramos ascendido o como si ellos hubiesen bajado, se escuchan los ruidos más leves de sus alas, de sus picos, como cuando, por el campo, se oye clara la palabra de alguno que va lejos...[66].

Platero, de vez en cuando, deja de beber y levanta la cabeza como yo, como las mujeres de Millet[67], a las estrellas, con una blanda nostalgia infinita...

---

[66] En la edición príncipe de 1914 se incluye, a continuación, esta frase en párrafo aparte:

> Horas y horas, los silbidos seguirán pasando, en un huir interminable.

[67] Jean François Millet (1814-1875), pintor paisajista francés. Hijo de una familia de labradores y autor de admirables escenas campestres como *Las espigadoras* y *El Ángelus.*

LXXXI

LA NIÑA CHICA

LA niña chica era la gloria de Platero. En cuanto la veía venir hacia él, entre las lilas, con su vestidillo blanco y su sombrero de arroz, llamándolo dengosa: —¡Platero, Plateriiillo!—, el asnucho quería partir la cuerda, y saltaba igual que un niño, y rebuznaba loco.

Ella, en una confianza ciega, pasaba una vez y otra bajo él, y le pegaba pataditas, y le dejaba la mano, nardo cándido, en aquella bocaza rosa, almenada de grandes dientes amarillos; o, cogiéndole las orejas, que él ponía a su alcance, lo llamaba con todas las variaciones mimosas de su nombre: —¡Platero! ¡Platerón! ¡Platerillo! ¡Platerete! ¡Platerucho!

En los largos días en que la niña navegó en su cuna alba, río abajo, hacia la muerte, nadie se acordaba de Platero. Ella, en su delirio, lo llamaba triste: ¡Plateriiillo!... Desde la casa oscura y llena de suspiros, se oía, a veces, la lejana llamada lastimera del amigo. ¡Oh estío melancólico!

¡Qué lujo puso Dios en ti, tarde del entierro! Setiembre, rosa y oro, como ahora, declinaba. Desde el cementerio ¡cómo resonaba la campana de vuelta en el ocaso abierto, camino de la gloria!... Volví por las tapias, solo y mustio, entré en la casa por la puerta del corral y, huyendo de los hombres, me fui a la cuadra y me senté a pensar, con Platero.

LXXXII

EL PASTOR

EN la colina, que la hora morada va tornando oscura y medrosa, el pastorcillo, negro contra el verde ocaso de cristal, silba en su pito, bajo el templor de Venus. Enredadas en las flores, que huelen más y ya no se ven, cuyo aroma las exalta hasta darles forma en la sombra en que están perdidas, tintinean, paradas, las esquilas claras y dulces del rebaño, disperso un momento, antes de entrar al pueblo, en el paraje conocido.

—Zeñorito, zi eze gurro juera mío...

El chiquillo, más moreno y más idílico en la hora dudosa, recogiendo en los ojos rápidos cualquier brillantez del instante, parece uno de aquellos mendiguillos que pintó Bartolomé Esteban[68], el buen sevillano.

Yo le daría el burro... Pero ¿qué iba yo a hacer sin ti, Platero?

La luna, que sube, redonda, sobre la ermita de Montemayor, se ha ido derramando suavemente por el prado, donde aún yerran vagas claridades del día; y el suelo florido parece ahora de ensueño, no sé qué encaje primitivo y bello; y las rocas son más grandes, más inminentes y más tristes; y llora más el agua del regato invisible...

Y el pastorcillo grita, codicioso, ya lejos:

—¡Ayn! Zi eze gurro juera míooo...

---

[68] Bartolomé Esteban Murillo (1617-1682), pintor español, nacido en Sevilla, autor de innumerables cuadros religiosos, impregnados de fervor místico *(La Inmaculada Concepción) y* escenas populares de gran realismo *(Muchachos comiendo melón y uvas).*

LXXXIII

EL CANARIO SE MUERE

MIRA, Platero; el canario de los niños ha amanecido hoy muerto en su jaula de plata. Es verdad que el pobre estaba ya muy viejo... El invierno último, tú te acuerdas bien, lo pasó silencioso, con la cabeza escondida en el plumón. Y al entrar esta primavera, cuando el sol hacía jardín la estancia abierta y abrían las mejores rosas del patio, él quiso también engalanar la vida nueva, y cantó; pero su voz era quebradiza y asmática, como la voz de una flauta cascada.

El mayor de los niños, que lo cuidaba, viéndolo yerto en el fondo de la jaula, se ha apresurado, lloroso, a decir:

—¡Puej no l'a faltao ná; ni comida, ni agua!

No. No le ha faltado nada, Platero. Se ha muerto porque sí —diría Campoamor[69], otro canario viejo...

Platero, ¿habrá un paraíso de los pájaros? ¿Habrá un vergel verde sobre el cielo azul, todo en flor de rosales áureos, con almas de pájaros blancos, rosas, celestes, amarillos?

Oye; a la noche, los niños, tú y yo bajaremos el pájaro muerto al jardín. La luna está ahora llena, y a su pálida plata, el pobre cantor, en la mano cándida de Blanca[70], parecerá el pétalo mustio de un lirio amarillento. Y lo enterraremos en la tierra del rosal grande.

---

[69] Ramón de Campoamor (1817-1901), popular poeta español, cuya obra, compuesta de *Doloras, Humoradas* y *Pequeños poemas*, fue muy controvertida por la generación de Juan Ramón.

[70] «Blanca» se llamaba una de las sobrinas de Juan Ramón.

A la primavera, Platero, hemos de ver al pájaro salir del corazón de una rosa blanca. El aire fragante se pondrá canoro, y habrá por el sol de abril un errar encantado de alas invisibles y un reguero secreto de trinos claros de oro puro.

LXXXIV

LA COLINA

¿NO me has visto nunca, Platero, echado en la colina romántico y clásico a un tiempo?

... Pasan los toros, los perros, los cuervos, y no me muevo, ni siquiera miro. Llega la noche y sólo me voy cuando la sombra me quita. No sé cuándo me vi allí por vez primera y aún dudo si estuve nunca. Ya sabes qué colina digo; la colina roja aquella que se levanta, como un torso de hombre y de mujer, sobre la viña vieja de Cobano.

En ella he leído cuanto he leído y he pensado todos mis pensamientos. En todos los museos vi este cuadro mío, pintado por mí mismo: yo, de negro, echado en la arena, de espaldas a mí, digo a ti, o a quien mirara, con mi idea libre entre mis ojos y el poniente.

Me llaman, a ver si voy ya a comer o a dormir, desde la casa de la Piña[71]. Creo que voy, pero no sé si me quedo allí. Y yo estoy cierto, Platero, de que ahora no estoy aquí, contigo, ni nunca en donde esté, ni en la tumba, ya muerto; sino en la colina roja, clásica a un tiempo y romántica, mirando, con un libro en la mano, ponerse el sol sobre el río...

---

[71] Se refiere a la casa de campo, en la finca favorita de Juan Ramón, «Fuentepiña». Para una reproducción fotográfica de esta casa, véase el libro de Francisco Garfias.

LXXXV

EL OTOÑO

YA el sol, Platero, empieza a sentir pereza de salir de sus sábanas, y los labradores madrugan más que él. Es verdad que está desnudo y que hace fresco.

¡Cómo sopla el norte! Mira, por el suelo, las ramitas caídas; es el viento tan agudo, tan derecho, que están todas paralelas, apuntadas al sur.

El arado va, como una tosca arma de guerra, a la labor alegre de la paz, Platero; y en la ancha senda húmeda, los árboles amarillos, seguros de verdecer, alumbran, a un lado y otro, vivamente, como suaves hogueras de oro claro, nuestro rápido caminar.

LXXXVI

EL PERRO ATADO

LA entrada del otoño es para mí, Platero, un perro atado, ladrando limpia y largamente, en la soledad de un corral, de un patio o de un jardín, que comienzan con la tarde a ponerse fríos y tristes... Dondequiera que estoy, Platero, oigo siempre, en estos días que van siendo cada vez más amarillos, ese perro atado, que ladra al sol de ocaso...

Su ladrido me trae, como nada, la elegía. Son los instantes en que la vida anda toda en el oro que se va, como el corazón de un avaro en la última onza de su tesoro que se arruina. Y el oro existe apenas, recogido en el alma avaramente y puesto por ella en todas partes, como los niños cogen el sol con un pedacito de espejo y lo llevan a las paredes en sombra, uniendo en una sola las imágenes de la mariposa y de la hoja seca...

Los gorriones, los mirlos, van subiendo de rama en rama en el naranjo o en la acacia, más altos cada vez con el sol. El sol se torna rosa, malva... La belleza hace eterno el momento fugaz y sin latido, como muerto para siempre aún vivo. Y el perro le ladra, agudo y ardiente, sintiéndola tal vez morir, a la belleza...

LXXXVII

LA TORTUGA GRIEGA

NOS la encontramos mi hermano y yo volviendo, un mediodía, del colegio por la callejilla. Era en agosto —¡aquel cielo azul Prusia, negro casi, Platero!— y para que no pasáramos tanto calor, nos traían por allí, que era más cerca... Entre la yerba de la pared del granero, casi como tierra, un poco protegida por la sombra del Canario, el viejo familiar amarillo que en aquel rincón se pudría, estaba, indefensa. La cogimos, asustados, con la ayuda de la mandadera y entramos en casa anhelantes, gritando: ¡Una tortuga, una tortuga! Luego la regamos, porque estaba muy sucia, y salieron, como de una calcomanía, unos dibujos en oro y negro...

Don Joaquín de la Oliva[72], el Pájaro Verde[73] y otros que oyeron a éstos, nos dijeron que era una tortuga griega. Luego, cuando en los Jesuitas[74] estudié yo Historia Natural, la encontré pintada en el libro, igual a ella en un todo, con ese nombre; y la vi embalsamada en la vitrina grande, con un cartelito que rezaba ese nombre también. Así, no cabe duda, Platero, de que es una tortuga griega.

Ahí está, desde entonces. De niños, hicimos con ella algunas perrerías; la columpiábamos en el trapecio; le echábamos a *Lord;* la teníamos días enteros boca arriba... Una vez, el Sordito le dio un tiro para que viéramos lo dura que era. Rebotaron los plomos y uno fue a matar a un pobre palomo blanco, que estaba bebiendo bajo el peral.

---

[72] Don Joaquín de la Oliva reemplazó a don Carlos Girona como director del Colegio de primera y segunda enseñanza de San José. Véase la nota 50.

[73] Véase la nota 3.

[74] Véase la nota 48.

Pasan meses y meses sin que se la vea. Un día, de pronto, aparece en el carbón, fija, como muerta. Otro en el caño... A veces, un nido de huevos hueros son señal de su estancia en algún sitio; come con las gallinas, con los palomos, con los gorriones, y lo que más le gusta es el tomate. A veces, en primavera, se enseñorea del corral, y parece que ha echado de su seca vejez eterna y sola, una rama nueva; que se ha dado a luz a sí misma para otro siglo...

LXXXVIII

TARDE DE OCTUBRE

HAN pasado las vacaciones y, con las primeras hojas amarillas, los niños han vuelto al colegio. Soledad. El sol de la casa, también con hojas caídas, parece vacío. En la ilusión suenan gritos lejanos y remotas risas...

Sobre los rosales, aún con flor, cae la tarde, lentamente. Las lumbres del ocaso prenden las últimas rosas, y el jardín, alzando como una llama de fragancia hacia el incendio del poniente, huele todo a rosas quemadas. Silencio.

Platero, aburrido como yo, no sabe qué hacer. Poco a poco se viene a mí, duda un punto, y, al fin, confiado, pisando seco y duro en los ladrillos, se entra conmigo por la casa...

LXXXIX

ANTONIA

EL arroyo traía tanta agua, que los lirios amarillos, firme gala de oro de sus márgenes en el estío, se ahogaban en aislada dispersión, donando a la corriente fugitiva, pétalo a pétalo, su belleza...

¿Por dónde iba a pasarlo Antoñilla con aquel traje dominguero? Las piedras que pusimos se hundieron en el fango. La muchacha siguió, orilla arriba, hasta el vallado de los chopos, a ver si por allí podía... No podía... Entonces yo le ofrecí a Platero, galante.

Al hablarle yo, Antoñilla se encendió toda, quemando su arrebol las pecas que picaban de ingenuidad el contorno de su mirada gris. Luego se echó a reír, súbitamente, contra un árbol... Al fin se decidió. Tiró a la hierba el pañuelo rosa del estambre, corrió un punto y, ágil como una galga, se escarranchó sobre Platero, dejando colgadas a un lado y otro sus duras piernas que redondeaban, en no sospechada madurez, los círculos rojos y blancos de las medias bastas.

Platero lo pensó un momento, y, dando un salto seguro, se clavó en la otra orilla. Luego, como Antoñilla, entre cuyo rubor y yo estaba ya el arroyo, le taconeara en la barriga, salió trotando por el llano, entre el reír de oro y plata de la muchacha morena sacudida.

... Olía a lirio, a agua, a amor. Cual una corona de rosas con espinas, el verso que Shakespeare hizo decir a Cleopatra, me ceñía, redondo, el pensamiento:

O happy horse, to bear the weight of Antony![75]

—¡Platero! —le grité, al fin, iracundo, violento y desentonado...

---

[75] «¡Oh feliz caballo, por llevar el peso de Antonio!»

XC

EL RACIMO OLVIDADO

DESPUÉS de las largas lluvias de octubre, en el oro celeste del día abierto, nos fuimos todos a las viñas. Platero llevaba la merienda y los sombreros de las niñas en un cobujón del seroncillo, y en el otro, de contrapeso, tierna, blanca y rosa, como una flor de albérchigo, a Blanca.

¡Qué encanto el del campo renovado! Iban los arroyos rebosantes, estaban blandamente aradas las tierras, y en los chopos marginales, festoneados todavía de amarillo, se veían ya los pájaros, negros.

De pronto, las niñas, una tras otra, corrieron, gritando:

—¡Un raciiimo!, ¡un raciiimo!

En una cepa vieja, cuyos largos sarmientos enredados mostraban aún algunas renegridas y carmines hojas secas, encendía el picante sol un claro y sano racimo de ámbar, brilloso como la mujer en su otoño. ¡Todas lo querían! Victoria, que lo cogió, lo defendía a su espalda. Entonces yo se lo pedí, y ella, con esa dulce obediencia voluntaria que presta al hombre la niña que va para mujer, me lo cedió de buen grado.

Tenía el racimo cinco grandes uvas. Le di una a Victoria, una a Blanca, una a Lola, una a Pepa[76] —¡los niños!—, y la última, entre risas y palmas unánimes, a Platero, que la cogió, brusco, con sus dientes enormes.

---

[76] «Victoria», «Blanca», «Lola», «Pepa» —cuatro sobrinas del poeta, hijas de su hermana Victoria. Los muchos sobrinos de Juan Ramón, hijos de sus dos hermanas, aparecen repetidamente en varios capítulos de *Platero:* «Idilio de abril», «El canario vuela», «El canario se muere», «Susto», «La corona de perejil», y «Los Reyes Magos».

XCI

ALMIRANTE

TÚ no lo conociste. Se lo llevaron antes de que tú vinieras. De él aprendí la nobleza. Como ves, la tabla con su nombre sigue sobre el pesebre que fue suyo, en el que están su silla, su bocado y su cabestro.

¡Qué ilusión cuando entró en el corral por vez primera, Platero! Era marismeño y con él venía a mí un cúmulo de fuerza, de vivacidad, de alegría. ¡Qué bonito era! Todas las mañanas, muy temprano, me iba con él ribera abajo y galopaba por las marismas levantando las bandadas de grajos que merodeaban por los molinos cerrados. Luego, subía por la carretera y entraba, en un duro y cerrado trote corto, por la calle Nueva.

Una tarde de invierno vino a mi casa monsieur Dupont, el de las bodegas de San Juan, su fusta en la mano. Dejó sobre el velador de la salita unos billetes y se fue con Lauro hacia el corral. Después, ya anocheciendo, como en un sueño, vi pasar por la ventana a monsieur Dupont con Almirante enganchado en su *charret,* calle Nueva arriba, entre la lluvia.

No sé cuántos días tuve el corazón encogido. Hubo que llamar al médico y me dieron bromuro y éter y no sé qué más, hasta que el tiempo, que todo lo borra, me lo quitó del pensamiento, como me quitó a *Lord y* a la niña también, Platero.

Sí, Platero. ¡Qué buenos amigos hubierais sido Almirante y tú!

XCII

VIÑETA

PLATERO; en los húmedos y blandos surcos paralelos de la oscura haza recién arada, por los que corre ya otra vez un ligero brote de verdor de las semillas removidas, el sol, cuya carrera es ya tan corta, siembra, al ponerse, largos regueros de oro sensitivo. Los pájaros frioleros se van, en grandes y altos bandos, al Moro. La más leve ráfaga de viento desnuda ramas enteras de sus últimas hojas amarillas.

La estación convida a mirarnos el alma, Platero. Ahora tendremos otro amigo: el libro nuevo, escogido y noble. Y el campo todo se nos mostrará abierto, ante el libro abierto, propicio en su desnudez al infinito y sostenido pensamiento solitario.

Mira, Platero, este árbol que, verde y susurrante, cobijó, no hace un mes aún, nuestra siesta. Solo, pequeño y seco, se recorta, con un pájaro negro entre las hojas que le quedan, sobre la triste vehemencia amarilla del rápido poniente.

XCIII

LA ESCAMA

DESDE la calle de la Aceña[77], Platero, Moguer es otro pueblo. Allí empieza el barrio de los marineros. La gente habla de otro modo, con términos marinos, con imágenes libres y vistosas. Visten mejor los hombres, tienen cadenas pesadas y fuman buenos cigarros y pipas largas. ¡Qué diferencia entre un hombre sobrio, seco y sencillo de la Carretería, por ejemplo, Raposo[78], y un hombre alegre, moreno y rubio, Picón[79], tú lo conoces, de la calle de la Ribera!

Granadilla, la hija del sacristán de San Francisco, es de la calle del Coral. Cuando viene algún día a casa, deja la cocina vibrando de su viva charla gráfica. Las criadas, que son una de la Friseta, otra del Monturrio, otra de los Hornos, la oyen embobadas. Cuenta de Cádiz, de Tarifa y de la Isla; habla de tabaco de contrabando, de telas de Inglaterra, de medias de seda, de plata, de oro... Luego sale taconeando y contoneándose, ceñida su figulina ligera y rizada en el fino pañuelo negro de espuma...

Las criadas se quedan comentando sus palabras de colores. Veo a Montemayor mirando una escama de pescado contra el sol, tapado el ojo izquierdo con la mano... Cuando le pregunto qué hace, me responde que es la Virgen del Carmen, que se ve, bajo el arco iris, con su manto abierto y bordado, en la escama, la Virgen del Carmen, la Patrona de los marineros; que es verdad, que se lo ha dicho Granadilla...

---

[77] Don Francisco H.-Pinzón Jiménez señala que «el final de la calle de la Aceña es la parte más alta de Moguer, que sigue a la izquierda por la calle de las Flores (hoy Zenobia Camprubí y algunos años antes Juan Ramón Jiménez), que sale y enlaza con la calle de la Ribera, donde comenzaba y enmarcaba el barrio de los marineros en lo más alto. Las partes más bajas, hacia la campiña y los arroyos, era la que habitaban los que se dedicaban a las labores agrícolas, ganaderas y forestales (véase capítulo CXVII)».

[78] El aperador que aparece en el capítulo XXXV.

[79] El viejo servidor de la casa y el marinero que mandaba «La Estrella», el barco del tío de Juan Ramón. Véase el capítulo XCV, «El río».

XCIV

PINITO

¡EESE!... ¡Eese!... ¡Eese!... ¡... maj tonto que Pinitooo!...

Casi se me había ya olvidado quién era Pinito. Ahora, Platero, en este sol suave del otoño, que hace de los vallados de arena roja un incendio mas colorado que caliente, la voz de ese chiquillo me hace, de pronto, ver venir a nosotros, subiendo la cuesta con una carga de sarmientos renegridos, al pobre Pinito.

Aparece en mi memoria y se borra otra vez. Apenas puedo recordarlo. Lo veo, un punto, seco, moreno, ágil, con un resto de belleza en su sucia fealdad; mas, al querer fijar mejor su imagen, se me escapa todo, como un sueño con la mañana, y ya no sé tampoco si lo que pensaba era de él... Quizás iba corriendo casi en cueros por la calle Nueva, en una mañana de agua, apedreado por los chiquillos; o, en un crepúsculo invernal, tornaba, cabizbajo y dando tumbos, por las tapias del cementerio viejo, al Molino de viento, a su cueva sin alquiler, cerca de los perros muertos, de los montones de basura y con los mendigos forasteros.

—¡... maj tonto que Pinitooo!... ¡Eese!...

¡Qué daría yo, Platero, por haber hablado una vez sola con Pinito! El pobre murió, según dice la Macaria, de una borrachera, en casa de las Colillas[80], en la gavia del Castillo, hace ya mucho tiempo, cuando era yo niño aún, como tú ahora, Platero. Pero ¿sería tonto? ¿Cómo, cómo sería?

Platero, muerto él sin saber yo cómo era, ya sabes que, según ese chiquillo, hijo de una madre que lo conoció sin duda, yo soy más tonto que Pinito.

---

[80] Mujeres libertinas, madre e hija, que vivían en una casa del Castillo. Véase el capítulo XCIX, «El Castillo».

XCV

EL RIO[81]

MIRA, Platero, cómo han puesto el río entre las minas, el mal corazón y el padrastreo. Apenas si su agua roja recoge aquí y allá, esta tarde, entre el fango violeta y amarillo, el sol poniente; y por su cauce casi sólo pueden ir barcas de juguete. ¡Qué pobreza!

Antes, los barcos grandes de los vinateros, laúdes, bergantines, faluchos —El Lobo, La Joven Eloísa, el San Cayetano, que era de mi padre y que mandaba el pobre Quintero, La Estrella, de mi tío, que mandaba Picón—, ponían sobre el cielo de San Juan la confusión alegre de sus mástiles —¡sus palos mayores, asombro de los niños!—; o iban a Málaga, a Cádiz, a Gibraltar, hundidos de tanta carga de vino... Entre ellos, las lanchas complicaban el oleaje con sus ojos, sus santos y sus nombres pintados de verde, de azul, de blanco, de amarillo, de carmín... Y los pescadores subían al pueblo sardinas, ostiones, anguilas, lenguados, cangrejos... El cobre de Ríotinto[82] lo ha envenenado todo. Y menos mal, Platero, que con el asco de los ricos, comen los pobres la pesca miserable de hoy... Pero el falucho, el bergantín, el laúd, todos se perdieron.

¡Qué miseria! ¡Ya el Cristo no ve el aguaje alto en las mareas! Sólo queda, leve hilo de sangre de un muerto, mendigo harapiento y seco, la exangüe corriente del río,

---

[81] El río Tinto nace en la vecindad del pueblo Riotinto, pasa cerca de Moguer y desemboca en el mar, al lado del puerto de Huelva.

[82] Pueblo minero hacia el norte de la provincia de Huelva, célebre entre los fenicios y los romanos, por sus minas de cobre. Hoy los yacimientos, que han sido uno de los más ricos del mundo, se encuentran casi agotados.

color de hierro igual que este ocaso rojo sobre el que La Estrella, desarmada, negra y podrida, al cielo la quilla mellada, recorta como una espina de pescado su quemada mole, en donde juegan, cual en mi pobre corazón las ansias, los niños de los carabineros.

XCVI

LA GRANADA

¡QUÉ hermosa esta granada, Platero! Me la ha mandado Aguedilla, escogida de lo mejor de su arroyo de las Monjas. Ninguna fruta me hace pensar, como ésta, en la frescura del agua que la nutre. Estalla de salud fresca y fuerte. ¿Vamos a comérnosla?

¡Platero, qué grato gusto amargo y seco el de la difícil piel, dura y agarrada como una raíz a la tierra! Ahora, el primer dulzor, aurora hecha breve rubí, de los granos que se vienen pegados a la piel. Ahora, Platero, el núcleo apretado, sano, completo, con sus velos finos, el exquisito tesoro de amatistas comestibles, jugosas y fuertes, como el corazón de no sé qué reina joven. ¡Qué llena está, Platero! Ten, come. ¡Qué rica! ¡Con qué fruición se pierden los dientes en la abundante sazón alegre y roja! Espera, que no puedo hablar. Da al gusto una sensación como la del ojo perdido en el laberinto de colores inquietos de un calidoscopio. ¡Se acabó!

Ya yo no tengo granados, Platero. Tú no viste los del corralón de la bodega de la calle de las Flores. Íbamos por las tardes... Por las tapias caídas se veían los corrales de las casas de la calle del Coral, cada uno con su encanto, y el campo, y el río. Se oía el toque de las cornetas de los carabineros y la fragua de Sierra... Era el descubrimiento de una parte nueva del pueblo que no era la mía, en su plena poesía diaria. Caía el sol y los granados se incendiaban como ricos tesoros, junto al pozo en sombra que desbarataba la higuera llena de salamanquesas...

¡Granada, fruta de Moguer, gala de su escudo! ¡Granadas abiertas al sol grana del ocaso! ¡Granadas del huerto de las Monjas, de la cañada del Peral, de Sabariego, en los reposados valles hondos con arroyos donde se queda el cielo rosa, como en mi pensamiento, hasta bien entrada la noche!

XCVII

EL CEMENTERIO VIEJO

YO quería, Platero, que tú entraras aquí conmigo; por eso te he metido, entre los burros del ladrillero, sin que te vea el enterrador. Ya estamos en el silencio... Anda...

Mira; este es el patio de San José. Ese rincón umbrío y verde, con la verja caída, es el cementerio de los curas... Este patinillo encalado que se funde, sobre el poniente, en el sol vibrante de las tres, es el patio de los niños... Anda... El Almirante... Doña Benita... La zanja de los pobres, Platero...

¡Cómo entran y salen los gorriones de los cipreses! ¡Míralos qué alegres! Esa abubilla que ves ahí, en la salvia, tiene el nido en un nicho... Los niños del enterrador. Mira con qué gusto se comen su pan con manteca colorada... Platero, mira esas dos mariposas blancas...

El patio nuevo... Espera... ¿Oyes? Los cascabeles... Es el coche de las tres, que va por la carretera a la estación... Esos pinos son los del Molino de viento... Doña Lutgarda... El capitán... Alfredito Ramos[83], que traje yo, en su cajita blanca, de niño, una tarde de primavera, con mi hermano, con Pepe Sáenz y con Antonio Rivero... ¡Calla...! El tren de Ríotinto que pasa por el puente... Sigue... La pobre Carmen, la tísica, tan bonita, Platero... Mira esa rosa con sol... Aquí está la niña, aquel nardo que no pudo con sus ojos negros... Y aquí, Platero, está mi padre...

Platero...

---

[83] De hecho, Juan Ramón participó en el entierro de su amigo Alfredo Ramos, durante la época de su asistencia al colegio de los Jesuitas.

XCVIII

LIPIANI

ÉCHATE a un lado, Platero, y deja pasar a los niños de la escuela.

Es jueves, como sabes, y han venido al campo. Unos días los lleva Lipiani a lo del padre Castellano, otros al puente de las Angustias, otros a la Pila. Hoy se conoce que Lipiani está de humor, y, como ves, los ha traído hasta la Ermita.

Algunas veces he pensado que Lipiani te deshombrara —ya sabes lo que es desasnar a un niño, según palabra de nuestro alcalde—, pero me temo que te murieras de hambre. Porque el pobre Lipiani, con el pretexto de la hermandad en Dios, y aquello de que los niños se acerquen a mí, que él explica a su modo, hace que cada niño reparta con él su merienda, las tardes de campo, que él menudea, y así se come trece mitades él solo.

¡Mira qué contentos van todos! Los niños, como corazonazos mal vestidos, rojos y palpitantes, traspasados de la ardorosa fuerza de esta alegre y picante tarde de octubre. Lipiani, contoneando su mole blanda en el ceñido traje canela de cuadros, que fue de Boria[84], sonriente su gran barba entrecana con la promesa de la comilona bajo el pino... Se queda el campo vibrando a su paso como un metal policromo, igual que la campana gorda que ahora, callada ya a sus vísperas, sigue zumbando sobre el pueblo como un gran abejorro verde, en la torre de oro desde donde ella ve la mar.

---

[84] Don Luis Boria, médico y sobrino del médico don Domingo Pérez, que no tenía hijos. A este último Juan Ramón le dedica un capítulo en prosa, incluido en *Elegías andaluzas* (pág. 181). Más información sobre la familia Boria, establecida en Moguer, y su parentesco con los hermanos Quintero puede encontrarse en la revista moguereña *Montemayor* (Moguer, 1990), págs. 71-72. Datos que me proporcionó muy amablemente don Francisco H.-Pinzón Jiménez.

XCIX

EL CASTILLO

¡QUÉ bello está el cielo esta tarde, Platero, con su metálica luz de otoño, como una ancha espada de oro limpio! Me gusta venir por aquí, porque desde esta cuesta en soledad se ve bien el ponerse del sol y nadie nos estorba, ni nosotros inquietamos a nadie...

Sólo una casa hay, blanca y azul, entre las bodegas y los muros sucios que bordean el jaramago y la ortiga, y se diría que nadie vive en ella. Este es el nocturno campo de amor de la Colilla y de su hija, esas buenas mozas blancas, iguales casi, vestidas siempre de negro. En esta gavia es donde se murió Pinito y donde estuvo dos días sin que lo viera nadie. Aquí pusieron los cañones cuando vinieron los artilleros[85]. A don Ignacio, ya tú lo has visto, confiado, con su contrabando de aguardiente[86]. Además, los toros entran por aquí, de las Angustias, y no hay ni chiquillos siquiera.

... Mira la viña por el arco del puente de la gavia, roja y decadente, con los hornos de ladrillo y el río violeta al fondo. Mira las marismas, solas[87]. Mira cómo el sol poniente, al manifestarse, grande y grana, como un dios visible, atrae a él el éxtasis de todo y se hunde, en la raya de mar que está detrás de Huelva, en el absoluto silencio que le rinde el mundo, es decir, Moguer, su campo, tú y yo, Platero.

---

[85] En este capítulo, en variantes inéditas, el autor agrega las aclaraciones que aquí van en cursiva: *grises y azules de Marcelino de Unceta a hacer salvas por Colón* (véase R. Gullón, *PSA*, XVI, pág. 148).

[86] *su honrada manía «contra el gobierno»* (*PSA*, XVI, pág. 148).

[87] *con su viento galopador. Mira sola la gran salida para América* (*PSA*, XVI, pág. 149).

C

LA PLAZA VIEJA DE TOROS

UNA vez más pasa por mí, Platero, en incogible ráfaga, la visión aquélla de la plaza vieja de toros que se quemó una tarde... de... que se quemó, yo no sé cuándo...

Ni sé tampoco cómo era por dentro... Guardo una idea de haber visto —¿o fue en una estampa de las que venían en el chocolate que me daba Manolito Flórez?— unos perros chatos, pequeños y grises, como de maciza goma, echados al aire por un toro negro... Y una redonda soledad absoluta, con una alta yerba muy verde... Sólo sé cómo era por fuera, digo, por encima, es decir, lo que no era plaza... Pero no había gente... Yo daba, corriendo, la vuelta por las gradas de pino, con la ilusión de estar en una plaza de toros buena y verdadera, como las de aquellas estampas, más alto cada vez; y, en el anochecer de agua que se venía encima, se me entró, para siempre, en el alma, un paisaje lejano de un rico verdor negro, a la sombra, digo, al frío del nubarrón, con el horizonte de pinares recortado sobre una sola y leve claridad corrida y blanca, allá sobre el mar...

Nada más... ¿Qué tiempo estuve allí? ¿Quién me sacó? ¿Cuándo fue? No lo sé, ni nadie me lo ha dicho, Platero... Pero todos me responden, cuando les hablo de ello:

—Sí; la plaza del Castillo, que se quemó... Entonces sí que venían toreros a Moguer...

CI

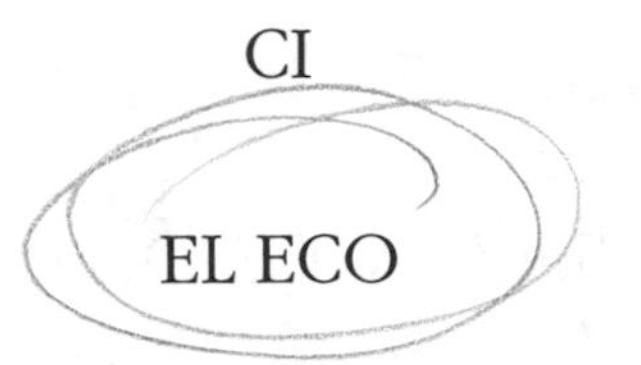

EL ECO

EL paraje es tan solo, que parece que siempre hay alguien por él. De vuelta de los montes, los cazadores alargan por aquí el paso y se suben por los vallados para ver más lejos. Se dice que, en sus correrías por este término, hacía noche aquí Parrales, el bandido... La roca roja está contra el naciente y, arriba, alguna cabra desviada, se recorta, a veces, contra la luna amarilla del anochecer. En la pradera, una charca que solamente seca agosto, coge pedazos de cielo amarillo, verde, rosa, ciega casi por las piedras que desde lo alto tiran los chiquillos a las ranas, o por levantar el agua en un remolino estrepitoso.

... He parado a Platero en la vuelta del camino, junto al algarrobo que cierra la entrada del prado, negro todo de sus alfanjes secos; y aumentando mi boca con mis manos, he gritado contra la roca: ¡Platero!

La roca, con respuesta seca, endulzada un poco por el contagio del agua próxima, ha dicho: ¡Platero!

Platero ha vuelto, rápido, la cabeza, irguiéndola y fortaleciéndola, y con un impulso de arrancar, se ha estremecido todo.

¡Platero! —he gritado de nuevo a la roca.

La roca de nuevo ha dicho: ¡Platero!

Platero me ha mirado, ha mirado a la roca y, remangado el labio, ha puesto un interminable rebuzno contra el cenit.

La roca ha rebuznado larga y oscuramente con él en un rebuzno paralelo al suyo, con el fin más largo.

Platero ha vuelto a rebuznar.

La roca ha vuelto a rebuznar.

Entonces, Platero, en un rudo alboroto testarudo, se ha cerrado como un día malo, ha empezado a dar vueltas con el testuz o en el suelo, queriendo romper la cabezada, huir, dejarme solo, hasta que me lo he ido trayendo con palabras bajas, y poco a poco su rebuzno se ha ido quedando sólo en su rebuzno, entre las chumberas.

CII

SUSTO

ERA la comida de los niños. Soñaba la lámpara su rosada lumbre tibia sobre el mantel de nieve, y los geranios rojos y las pintadas manzanas coloreaban de una áspera alegría fuerte aquel sencillo idilio de caras inocentes. Las niñas comían como mujeres; los niños discutían como algunos hombres. Al fondo, dando el pecho blanco al pequeñuelo, la madre, joven, rubia y bella, los miraba sonriendo. Por la ventana del jardín, la clara noche de estrellas temblaba, dura y fría.

De pronto, Blanca huyó, como un débil rayo, a los brazos de la madre. Hubo un súbito silencio, y luego, en un estrépito de sillas caídas, todos corrieron tras de ella, con un raudo alborotar, mirando espantados a la ventana.

¡El tonto de Platero! Puesta en el cristal su cabezota blanca, agigantada por la sombra, los cristales y el miedo, contemplaba, quieto y triste, el dulce comedor encendido.

CIII

LA FUENTE VIEJA

BLANCA siempre sobre el pinar siempre verde; rosa o azul, siendo blanca, en la aurora; de oro o malva en la tarde, siendo blanca; verde o celeste, siendo blanca, en la noche; la fuente vieja, Platero, donde tantas veces me has visto parado tanto tiempo, encierra en sí, como una clave o una tumba, toda la elegía del mundo, es decir, el sentimiento de la vida verdadera.

En ella he visto el Partenón, las Pirámides, las catedrales todas. Cada vez que una fuente, un mausoleo, un pórtico me desvelaron con la insistente permanencia de su belleza, alternaba en mi duermevela su imagen con la imagen de la Fuente vieja.

De ella fui a todo. De todo torné a ella. De tal manera está en su sitio, tal armoniosa sencillez la eterniza, el color y la luz son suyos tan por entero, que casi se podría coger de ella en la mano, como su agua, el caudal completo de la vida. La pintó Böcklin[88] sobre Grecia; Fray Luis la tradujo; Beethoven la inundó de alegre llanto; Miguel Ángel se la dio a Rodin[89].

Es la cuna y es la boda; es la canción y es el soneto; es la realidad y es la alegría; es la muerte.

Muerta está ahí, Platero, esta noche, como una carne de mármol entre el oscuro y blando verdor rumoroso; muerta, manando de mi alma el agua de mi eternidad.

---

[88] Arnold Böcklin (1827-1901), pintor suizo. Lo mejor de su obra son los fragmentos de naturaleza, sensiblemente captados, que sirven de escenario a sus evocaciones mitológicas o fabulosas.

[89] Auguste Rodin (1840-1917), escultor francés, nacido en París. Su arte ha influido grandemente en la escultura moderna, y se distingue por su carácter vigoroso, personal y realista.

CIV

CAMINO

¡QUÉ de hojas han caído la noche pasada, Platero! Parece que los árboles han dado una vuelta y tienen la copa en el suelo y en el cielo las raíces, en un anhelo de sembrarse en él. Mira ese chopo: parece Lucía, la muchacha titiritera del circo, cuando, derramada la cabellera de fuego en la alfombra, levanta, unidas, sus finas piernas bellas, que alarga la malla gris.

Ahora, Platero, desde la desnudez de las ramas, los pájaros nos verán entre las hojas de oro, como nosotros los veíamos a ellos entre las hojas verdes, en la primavera. La canción suave que antes cantaron las hojas arriba, ¡en qué seca oración arrastrada se ha tornado abajo!

¿Ves el campo, Platero, todo lleno de hojas secas? Cuando volvamos por aquí, el domingo que viene, no verás una sola. No sé dónde se mueren. Los pájaros, en su amor de la primavera, han debido decirles el secreto de ese morir bello y oculto, que no tendremos tú ni yo, Platero...

CV

PIÑONES

AHÍ viene, por el sol de la calle Nueva, la chiquilla de los piñones. Los trae crudos y tostados. Voy a comprarle, para ti y para mí, una perra gorda de piñones tostados, Platero.

Noviembre superpone invierno y verano en días dorados y azules. Pica el sol, y las venas se hinchan como sanguijuelas, redondas y azules... Por las blancas calles tranquilas y limpias pasa el liencero de La Mancha con su fardo gris al hombro; el quincallero de Lucena, todo cargado de luz amarilla, sonando su tintan que recoge en cada sonido el sol... Y, lenta, pegada a la pared, pintando con cisco, en larga raya, la cal, doblada con su espuerta, la niña de la Arena, que pregona larga y sentidamente: ¡A loj tojtaiiitoooj piñoneee...!

Los novios los comen juntos en las puertas, trocando, entre sonrisas de llama, meollos escogidos. Los niños que van al colegio, van partiéndolos en los umbrales con una piedra... Me acuerdo que, siendo yo niño, íbamos al naranjal de Mariano, en los Arroyos, las tardes de invierno. Llevábamos un pañuelo de piñones tostados, y toda mi ilusión era llevar la navaja con que los partíamos, una navaja de cabo de nácar, labrada en forma de pez, con dos ojitos correspondidos de rubí, al través de los cuales se veía la Torre Eiffel...

¡Qué gusto tan bueno dejan en la boca los piñones tostados, Platero! ¡Dan un brío, un optimismo! Se siente uno con ellos seguro en el sol de la estación fría, como hecho ya monumento inmortal, y se anda con ruido, y se lleva sin peso la ropa de invierno, y hasta echaría uno un pulso[90] con León[91], Platero, o con el Manquito, el mozo de los coches...

---

[90] *Echar un pulso:* probar dos personas, asida mutuamente la mano derecha y puestos los codos en lugar firme, cuál de las dos pueda bajar la mano de la otra.

[91] Personaje pintoresco de Moguer, «Decano de los mozos de cuerda de Moguer», conocido por su fuerza. Véase el capítulo CXXVII, «León».

CVI

EL TORO HUIDO

CUANDO llego yo, con Platero, al naranjal, todavía la sombra está en la cañada, blanca de la uña de león con escarcha. El sol aún no da oro al cielo incoloro y fúlgido, sobre el que la colina de chaparros dibuja sus más finas aulagas... De vez en cuando, un blando rumor, ancho y prolongado, me hace alzar los ojos. Son los estorninos que vuelven a los olivares, en largos bandos, cambiando en evoluciones ideales...

Toco las palmas... El eco... ¡Manuel!... Nadie... De pronto, un rápido rumor grande y redondo... El corazón late con un presentimiento de todo su tamaño. Me escondo, con Platero, en la higuera vieja...

Sí, ahí va. Un toro colorado pasa, dueño de la mañana, olfateando, mugiendo, destrozando por capricho lo que encuentra. Se para un momento en la colina y llena el valle, hasta el cielo, de un lamento corto y terrible. Los estorninos, sin miedo, siguen pasando con un rumor que el latido de mi corazón ahoga, sobre el cielo rosa.

En una polvareda, que el sol que asoma ya, toca de cobre, el toro baja, entre las pitas, al pozo. Bebe un momento, y luego, soberbio, campeador, mayor que el campo, se va, cuesta arriba, los cuernos colgados de despojos de vid, hacia el monte, y se pierde, al fin, entre los ojos ávidos y la deslumbrante aurora, ya de oro puro.

CVII

IDILIO DE NOVIEMBRE

CUANDO, anochecido, vuelve Platero del campo con su blanda carga de ramas de pino para el horno, casi desaparece bajo la amplia verdura rendida. Su paso es menudo, unido, como el de la señorita del circo en el alambre, fino, juguetón... Parece que no anda. En punta las orejas, se diría un caracol debajo de su casa.

Las ramas verdes, ramas que, erguidas, tuvieron en ellas el sol, los chamarices, el viento, la luna, los cuervos —¡qué horror! ¡ahí han estado, Platero!—, se caen, pobres, hasta el polvo blanco de las sendas secas del crepúsculo.

Una fría dulzura malva lo nimba todo. Y en el campo, que va ya a diciembre, la tierna humildad del burro cargado empieza, como el año pasado, a parecer divina...

CVIII

sad

LA YEGUA BLANCA

VENGO triste, Platero... Mira; pasando por la calle de las Flores, ya en la Portada, en el mismo sitio en que el rayo mató a los dos niños gemelos, estaba muerta la yegua blanca del Sordo. Unas chiquillas casi desnudas la rodeaban silenciosas.

Purita, la costurera, que pasaba, me ha dicho que el Sordo llevó esta mañana la yegua al moridero, harto ya de darle de comer. Ya sabes que la pobre era tan vieja como don Julián y tan torpe. No veía, ni oía, y apenas podía andar... A eso del mediodía la yegua estaba otra vez en el portal de su amo. Él, irritado, cogió un rodrigón y la quería echar a palos. No se iba. Entonces le pinchó con la hoz. Acudió la gente y, entre maldiciones y bromas, la yegua salió, calle arriba, cojeando, tropezándose. Los chiquillos la seguían con piedras y gritos... Al fin, cayó al suelo y allí la remataron. Algún sentimiento compasivo revoló sobre ella. —¡Dejadla morir en paz!—, como si tú o yo hubiésemos estado allí, Platero, pero fue como una mariposa en el centro de un vendaval.

Todavía, cuando la he visto, las piedras yacían a su lado, fría ya ella como ellas. Tenía un ojo abierto del todo que, ciego en su vida, ahora que estaba muerta parecía como si mirara. Su blancura era lo que iba quedando de luz en la calle oscura, sobre la que el cielo del anochecer, muy alto con el frío, se aborregaba todo de levísimas nubecillas de rosa...

CIX

CENCERRADA

VERDADERAMENTE, Platero, que estaban bien. Doña Camila iba vestida de blanco y rosa, dando lección, con el cartel y el puntero, a un cochinito. Él, Satanás, tenía un pellejo vacío de mosto en una mano y con la otra le sacaba a ella de la faltriquera una bolsa de dinero. Creo que hicieron las figuras Pepe el Pollo y Concha la Mandadera que se llevó no sé qué ropas viejas de mi casa. Delante iba Pepito el Retratado, vestido de cura, en un burro negro, con un pendón. Detrás, todos los chiquillos de la calle de Enmedio, de la calle de la Fuente, de la Carretería, de la plazoleta de los Escribanos, del callejón de tío Pedro Tello, tocando latas, cencerros, peroles, almireces, gangarros, calderos, en rítmica armonía, en la luna llena de las calles.

Ya sabes que doña Camila es tres veces viuda y que tiene sesenta años, y que Satanás, viudo también, aunque una sola vez, ha tenido tiempo de consumir el mosto de setenta vendimias. ¡Habrá que oírlo esta noche detrás de los cristales de la casa cerrada, viendo y oyendo su historia y la de su nueva esposa, en efigie y en romance!

Tres días, Platero, durará la cencerrada. Luego, cada vecina se irá llevando del altar de la plazoleta, ante el que, alumbradas las imágenes, bailan los borrachos, lo que es suyo. Luego seguirá unas noches más el ruido de los chiquillos. Al fin, sólo quedarán la luna llena y el romance...

CX

LOS GITANOS

MÍRALA, Platero. Ahí viene, calle abajo, en el sol de cobre, derecha, enhiesta, a cuerpo, sin mirar a nadie... ¡Qué bien lleva su pasada belleza, gallarda todavía, como en roble, el pañuelo amarillo de talle, en invierno, y la falda azul de volantes, lunareada de blanco! Va al Cabildo, a pedir permiso para acampar, como siempre, tras el cementerio. Ya recuerdas los tenduchos astrosos de los gitanos, con sus hogueras, sus mujeres vistosas, y sus burros moribundos, mordisqueando la muerte, en derredor.

¡Los burros, Platero! ¡Ya estarán temblando los burros de la Friseta, sintiendo a los gitanos desde los corrales bajos! —Yo estoy tranquilo por Platero, porque para llegar a su cuadra tendrían los gitanos que saltar medio pueblo y, además, porque Rengel, el guarda, me quiere y lo quiere a él—. Pero, por amedrentarlo en broma, le digo, ahuecando y poniendo negra la voz:

—¡Adentro, Platero, adentro! ¡Voy a cerrar la cancela, que te van a llevar!

Platero, seguro de que no lo robarán los gitanos, pasa, trotando, la cancela, que se cierra tras él con duro estrépito de hierro y cristales, y salta y brinca, del patio de mármol al de las flores y de éste al corral, como una flecha, rompiendo —¡brutote!—, en su corta fuga, la enredadera azul.

CXI

LA LLAMA

ACÉRCATE más, Platero. Ven... Aquí no hay que guardar etiquetas. El casero se siente feliz a tu lado, porque es de los tuyos. Alí, su perro, ya sabes que te quiere. Y yo ¡no te digo nada, Platero! ...¡Qué frío hará en el naranjal! Ya oyes a Raposo: ¡Dioj quiá que no je queme nesta noche muchaj naranja!

¿No te gusta el fuego, Platero? No creo que mujer desnuda alguna pueda poner su cuerpo con la llamarada. ¿Qué caballera suelta, qué brazos, qué piernas resistirían la comparación con estas desnudeces ígneas? Tal vez no tenga la naturaleza muestra mejor que el fuego. La casa está cerrada y la noche fuera y sola; y, sin embargo, ¡cuánto más cerca que el campo mismo estamos, Platero, de la naturaleza, en esta ventana abierta al antro plutónico! El fuego es el universo dentro de casa. Colorado e interminable, como la sangre de una herida del cuerpo, nos calienta y nos da hierro, con todas las memorias de la sangre.

¡Platero, qué hermoso es el fuego! Mira cómo Alí, casi quemándose en él, lo contempla con sus vivos ojos abiertos. ¡Qué alegría! Estamos envueltos en danzas de oro y danzas de sombras. La casa toda baila, y se achica y se agiganta en juego fácil, como los rusos. Todas las formas surgen de él, en infinito encanto: ramas y pájaros, el león y el agua, el monte y la rosa. Mira; nosotros mismos, sin quererlo, bailamos en la pared, en el suelo, en el techo.

¡Qué locura, qué embriaguez, qué gloria! El mismo amor parece muerte aquí, Platero.

CXII

CONVALECENCIA

DESDE la débil iluminación amarilla de mi cuarto de convaleciente, blando de alfombras y tapices, oigo pasar por la calle nocturna, como en un sueño con relente de estrellas, ligeros burros que retornan del campo, niños que juegan y gritan.

Se adivinan cabezotas oscuras de asnos, y cabecitas finas de niños que, entre los rebuznos, cantan, con cristal y plata, coplas de Navidad. El pueblo se siente envuelto en una humareda de castañas tostadas, en un vaho de establos, en un aliento de hogares en paz...

Y mi alma se derrama, purificadora, como si un raudal de aguas celestes le surtiera de la peña en sombra del corazón. ¡Anochecer de redenciones! ¡Hora íntima, fría y tibia a un tiempo, llena de claridades infinitas!

Las campanas, allá arriba, allá fuera, repican entre las estrellas. Contagiado, Platero rebuzna en su cuadra, que, en este instante de cielo cercano, parece que está muy lejos... Yo lloro, débil, conmovido y solo, igual que Fausto...[92].

---

[92] Fausto, nombre de un personaje alemán real, que con el tiempo se ha hecho legendario. La leyenda de Fausto es la historia del hombre que vende su alma al demonio Mefistófeles a cambio de la sabiduría. Goethe, en su *Fausto* en dos partes (1808, 1832), dramatiza esta leyenda y elabora, en un sentido moderno, el tema universal de la caída y la redención del hombre.

CXIII

EL BURRO VIEJO

... En fin, anda tan cansado
que a cada passo se pierde...

*(El potro rucio del Alcayde
de los Vélez.)*

ROMANCERO GENERAL

NO sé cómo irme de aquí, Platero, ¿Quién lo deja ahí al pobre, sin guía y sin amparo?

Ha debido salirse del moridero. Yo creo que no nos oye ni nos ve. Ya lo viste esta mañana en ese mismo vallado, bajo las nubes blancas, alumbrada su seca miseria mohína, que llenaban de islas vivas las moscas, por el sol radiante, ajeno a la belleza prodigiosa del día de invierno. Daba una lenta vuelta, como sin oriente, cojo de todas las patas y se volvía otra vez al mismo sitio. No ha hecho más que mudar de lado. Esta mañana miraba al poniente y ahora mira al naciente.

¡Qué traba la de la vejez, Platero! Ahí tienes a ese pobre amigo, libre y sin irse, aun viniendo ya hacia él la primavera. ¿O es que está muerto, como Bécquer[93], y sigue de pie, sin embargo? Un niño podría dibujar su contorno fijo, sobre el cielo del anochecer.

Ya lo ves... Lo he querido empujar y no arranca... Ni atiende a las llamadas... Parece que la agonía lo ha sembrado en el suelo...

Platero, se va a morir de frío en ese vallado alto, esta noche, pasado por el norte... No sé cómo irme de aquí; no sé qué hacer, Platero...

---

[93] Gustavo Adolfo Bécquer (1836-1870), poeta y escritor español, nacido en Sevilla. Sus *Rimas* son una influencia fundamental en la poesía del joven Juan Ramón.

CXIV

EL ALBA

EN las lentas madrugadas de invierno, cuando los gallos alertas ven las primeras rosas del alba y las saludan galantes, Platero, harto de dormir, rebuzna largamente. ¡Cuán dulce su lejano despertar, en la luz celeste que entra por las rendijas de la alcoba! Yo, deseoso también del día, pienso en el sol desde mi lecho mullido.

Y pienso en lo que habría sido del pobre Platero, si en vez de caer en mis manos de poeta hubiese caído en las de uno de esos carboneros que van, todavía de noche, por la dura escarcha de los caminos solitarios, a robar los pinos de los montes, o en las de uno de esos gitanos astrosos que pintan los burros y les dan arsénico y les ponen alfileres en las orejas para que no se les caigan.

Platero rebuzna de nuevo. ¿Sabrá que pienso en él? ¿Qué me importa? En la ternura del amanecer, su recuerdo me es grato como el alba misma. Y, gracias a Dios, él tiene una cuadra tibia y blanda como una cuna, amable como mi pensamiento.

CXV

FLORECILLAS

A MI MADRE

CUANDO murió Mamá Teresa[94], me dice mi madre, agonizó con un delirio de flores. Por no sé qué asociación, Platero, con las estrellitas de colores de mi sueño de entonces, niño pequeñito, pienso, siempre que lo recuerdo, que las flores de su delirio fueron las verbenas, rosas, azules, moradas.

No veo a Mamá Teresa más que a través de los cristales de colores de la cancela del patio, por los que yo miraba azul o grana la luna y el sol, inclinada tercamente sobre las macetas celestes o sobre los arriates blancos. Y la imagen permanece sin volver la cara, —porque yo no me acuerdo cómo era—, bajo el sol de la siesta de agosto o bajo las lluviosas tormentas de setiembre.

En su delirio dice mi madre que llamaba a no sé qué jardinero invisible, Platero. El que fuera, debió llevársela por una vereda de flores, de verbenas, dulcemente. Por ese camino torna ella, en mi memoria, a mí que la conservo a su gusto en mi sentir amable, aunque fuera del todo de mi corazón, como entre aquellas sedas finas que ella usaba, sembradas todas de flores pequeñitas, hermanas también de los heliotropos caídos del huerto y de las lucecillas fugaces de mis noches de niño.

---

94 La abuela materna de Juan Ramón.

CXVI

NAVIDAD

¡LA candela en el campo...! Es tarde de Nochebuena, y un sol opaco y débil clarea apenas en el cielo crudo, sin nubes, todo gris en vez de todo azul, con un indefinible amarillor en el horizonte de poniente... De pronto, salta un estridente crujido de ramas verdes que empiezan a arder; luego, el humo apretado, blanco como armiño, y la llama, al fin, que limpia el humo y puebla el aire de puras lenguas momentáneas, que parecen lamerlo.

¡Oh la llama en el viento! Espíritus rosados, amarillos, malvas, azules, se pierden no sé dónde, taladrando un secreto cielo bajo; ¡y dejan un olor de ascua en el frío! ¡Campo, tibio ahora, de diciembre! ¡Invierno con cariño! ¡Nochebuena de los felices!

Las jaras vecinas se derriten. El paisaje, a través del aire caliente, tiembla y se purifica como si fuese de cristal errante. Y los niños del casero, que no tienen Nacimiento, se vienen alrededor de la candela, pobres y tristes, a calentarse las manos arrecidas, y echan en las brasas bellotas y castañas, que revientan, en un tiro.

Y se alegran luego, y saltan sobre el fuego que ya la noche va enrojeciendo, y cantan:

... Camina, María,
camina, José...

Yo les traigo a Platero, y se lo doy, para que jueguen con él.

CXVII

LA CALLE DE LA RIBERA

AQUÍ, en esta casa grande[95], hoy cuartel de la guardia civil, nací yo, Platero. ¡Cómo me gustaba de niño y qué rico me parecía este pobre balcón, mudéjar a lo maestro Garfia[96], con sus estrellas de cristales de colores! Mira por la cancela, Platero; todavía las lilas, blancas y lilas, y las campanillas azules engalanan, colgando la verja de madera, negra por el tiempo, del fondo del patio, delicia de mi edad primera.

Platero, en esta esquina de la calle de las Flores se ponían por la tarde los marineros, con sus trajes de paño de varios azules, en hazas, como el campo de octubre. Me acuerdo que me parecían inmensos; que, entre sus piernas, abiertas por la costumbre del mar, veía yo, allá abajo, el río, con sus listas paralelas de agua y de marisma, brillantes aquéllas, secas éstas y amarillas; con un lento bote en el encanto del otro brazo del río; con las violentas manchas coloradas en el cielo del poniente... Después mi padre se fue a la calle Nueva[97], porque los marineros andaban siempre navaja en mano, porque los chiquillos rompían todas las noches la farola del zaguán y la campanilla y porque en la esquina hacía siempre mucho viento...

Desde el mirador se ve el mar. Y jamás se borrará de mi memoria aquella noche en que nos subieron a los niños todos, temblorosos y ansiosos, a ver el barco inglés aquel que estaba ardiendo en la Barra...[98]

---

[95] Hasta 1885-86 vivió el poeta en su casa natal, calle de la Ribera.

[96] El arquitecto de Sevilla que construyó la casa.

[97] «Mi padre, harto ya de la casa de la calle de la Ribera, le tomó alquilada a un hermano suyo una de la calle Nueva, a la que nos mudamos corriendo y en la que yo viví hasta mis veinte años, cuando murió mi padre y yo me fui a rodar por el mundo.» Véase el interesante e informativo artículo de Francisco H.-Pinzón Jiménez, «La Casa-Museo Zenobia y Juan Ramón en la vida y obra del Nobel», *Juan Ramón Jiménez: Poesía total y obra en marcha,* Barcelona, Anthropos, 1991, pág. 225.

[98] Barra de arena en la entrada de los ríos Tinto y Odiel y del puerto de Huelva.

CXVIII

EL INVIERNO

DIOS está en su palacio de cristal. Quiero decir que llueve, Platero. Llueve. Y las últimas flores que el otoño dejó obstinadamente prendidas a sus ramas exangües, se cargan de diamantes. En cada diamante, un cielo, un palacio de cristal, un Dios. Mira esta rosa; tiene dentro otra rosa de agua, y al sacudirla ¿ves?, se le cae la nueva flor brillante, como su alma, y se queda mustia y triste, igual que la mía.

El agua debe ser tan alegre como el sol. Mira, si no, cuál corren felices, los niños, bajo ella, recios y colorados, al aire las piernas. Ve cómo los gorriones se entran todos, en bullanguero bando súbito, en la yedra, en la escuela, Platero, como dice Darbón, tu médico.

Llueve. Hoy no vamos al campo. Es día de contemplaciones. Mira cómo corren las canales del tejado. Mira cómo se limpian las acacias, negras ya y un poco doradas todavía; cómo torna a navegar por la cuneta el barquito de los niños, parado ayer entre la yerba. Mira ahora, en este sol instantáneo y débil, cuán bello el arco iris que sale de la iglesia y muere, en una vaga irisación, a nuestro lado.

CXIX

LECHE DE BURRA

LA gente va más de prisa y tose en el silencio de la mañana de diciembre. El viento vuelca el toque de misa en el otro lado del pueblo. Pasa vacío el coche de las siete... Me despierta otra vez un vibrador ruido de los hierros de la ventana... ¿Es que el ciego ha atado a ella otra vez, como todos los años, su burra?

Corren presurosas las lecheras arriba y abajo, con su cántaro de lata en el vientre, pregonando su blanco tesoro en el frío. Esta leche que saca el ciego a su burra es para los catarrosos.

Sin duda, el ciego, como es ciego, no ve la ruina, mayor, si es posible, cada día, cada hora, de su burra. Parece ella entera un ojo ciego de su amo... Una tarde, yendo yo con Platero por la cañada de las ánimas, me vi al ciego dando palos a diestro y siniestro tras la pobre burra que corría por los prados, sentada casi en la yerba mojada. Los palos caían en un naranjo, en la noria, en el aire, menos fuertes que los juramentos que, de ser sólidos, habrían derribado el torreón del Castillo... No quería la pobre burra vieja más advientos y se defendía del destino vertiendo en lo infecundo de la tierra como Onán, la dádiva de algún burro desahogado... El ciego, que vive su oscura vida vendiendo a los viejos por un cuarto, o por una promesa, dos dedos del néctar de los burrillos, quería que la burra retuviese, de pie, el don fecundo, causa de su dulce medicina.

Y ahí está la burra, rascando su miseria en los hierros de la ventana, farmacia miserable, para todo otro invierno, de viejos fumadores, tísicos y borrachos.

CXX

NOCHE PURA

LAS almenadas azoteas blancas se cortan secamente sobre el alegre cielo azul, gélido y estrellado. El norte silencioso acaricia, vivo, con su pura agudeza.

Todos creen que tienen frío y se esconden en las casas y las cierran. Nosotros, Platero, vamos a ir despacio, tú con tu lana y con mi manta, yo con mi alma, por el limpio pueblo solitario.

¡Qué fuerza de adentro me eleva, cual si fuese yo una torre de piedra tosca con remate de plata libre! ¡Mira cuánta estrella! De tantas como son, marean. Se diría el cielo un mundo de niños; que le está rezando a la tierra un encendido rosario de amor ideal.

¡Platero, Platero! Diera yo toda mi vida y anhelara que tú quisieras dar la tuya, por la pureza de esta alta noche de enero, sola, clara y dura!

CXXI

LA CORONA DE PEREJIL

¡A ver quién llega antes!

El premio era un libro de estampas, que yo había recibido la víspera, de Viena.

—¡A ver quién llega antes a las violetas!... A la una... A las dos... ¡A las tres!

Salieron las niñas corriendo, en un alegre alboroto blanco y rosa al sol amarillo. Un instante, se oyó en el silencio que el esfuerzo mudo de sus pechos abría en la mañana, la hora lenta que daba el reloj de la torre del pueblo, el menudo cantar de un mosquitito[99] en la colina de los pinos, que llenaban los lirios azules, el venir del agua en el regato... Llegaban las niñas al primer naranjo, cuando Platero, que holgazaneaba por allí, contagiado del juego, se unió a ellas en su vivo correr. Ellas, por no perder, no pudieron protestar, ni reírse siquiera...

Yo les gritaba: ¡Que gana Platero! ¡Que gana Platero!

Sí, Platero llegó a las violetas antes que ninguna, y se quedó allí, revolcándose en la arena.

Las niñas volvieron protestando sofocadas, subiéndose las medias, cogiéndose el cabello: —¡Eso no vale! ¡Eso no vale! ¡Pues no! ¡Pues no! ¡Pues no, ea!

Les dije que aquella carrera la había ganado Platero y que era justo premiarlo de algún modo. Que bueno, que el libro, como Platero no sabía leer, se quedaría para otra carrera de ellas, pero que a Platero había que darle un premio.

---

[99] Don Francisco H.-Pinzón Jiménez precisa que «el "mosquitito" es un pajarillo más pequeño que el chamariz, diminuto, inquieto y rápido que abundaba mucho en Moguer y por este nombre allí se le conoce».

Ellas, seguras ya del libro, saltaban y reían, rojas: ¡Sí! ¡Sí! ¡Sí!

Entonces, acordándome de mí mismo, pensé que Platero tendría el mejor premio en su esfuerzo, como yo en mis versos. Y cogiendo un poco de perejil del cajón de la puerta de la casera, hice una corona, y se la puse en la cabeza, honor fugaz y máximo, como a un lacedemonio.

CXXII

LOS REYES MAGOS

¡QUÉ ilusión, esta noche, la de los niños, Platero! No era posible acostarlos. Al fin, el sueño los fue rindiendo, a uno en una butaca, a otro en el suelo, al arrimo de la chimenea, a Blanca en una silla baja, a Pepe en el poyo de la ventana, la cabeza sobre los clavos de la puerta, no fueran a pasar los Reyes... Y ahora, en el fondo de esta afuera de la vida, se siente como un gran corazón pleno y sano, el sueño de todos, vivo y mágico.

Antes de la cena, subí con todos. ¡Qué alboroto por la escalera, tan medrosa para ellos otras noches! —A mí no me da miedo de la montera, Pepe, ¿y a ti?, decía Blanca, cogida muy fuerte de mi mano. —Y pusimos en el balcón, entre las cidras, los zapatos de todos. Ahora, Platero, vamos a vestirnos Montemayor, tita, María Teresa, Lolilla, Perico, tú y yo, con sábanas y colchas y sombreros antiguos. Y a las doce, pasaremos ante la ventana de los niños en cortejo de disfraces y de luces, tocando almireces, trompetas y el caracol que está en el ultimo cuarto. Tú irás delante conmigo, que seré Gaspar y llevaré unas barbas blancas de estopa, y llevarás, como un delantal, la bandera de Colombia, que he traído de casa de mi tío, el cónsul... Los niños, despertados de pronto, con el sueño colgado aún, en jirones, de los ojos asombrados, se asomarán en camisa a los cristales temblorosos y maravillados. Después, seguiremos en su sueño toda la madrugada, y mañana, cuando ya tarde, los deslumbre el cielo azul por los postigos, subirán, a medio vestir, al balcón y serán dueños de todo el tesoro.

El año pasado nos reímos mucho. ¡Ya verás cómo nos vamos a divertir esta noche, Platero, camellito mío!

CXXIII

MONS-URIUM

EL Monturrio, hoy. Las colinitas rojas, más pobres cada día por la cava de los areneros, que, vistas desde el mar, parecen de oro y que nombraron los romanos de ese modo brillante y alto. Por él se va, más pronto que por el Cementerio, al Molino de viento. Asoma ruinas por doquiera y en sus viñas los cavadores sacan huesos, monedas y tinajas.

... Colón no me da demasiado bienestar, Platero. Que si paró en mi casa; que si comulgó en Santa Clara[100], que si es de su tiempo esta palmera o la otra hospedería... Está cerca y no va lejos, y ya sabes los dos regalos que nos trajo de América[101]. Los que me gusta sentir bajo mí, como una raíz fuerte, son los romanos, los que hicieron ese hormigón del Castillo que no hay pico ni golpe que arruine, en el que no fue posible clavar la veleta de la Cigüeña, Platero...

No olvidaré nunca el día en que, muy niño, supe este nombre: *Mons-urium*. Se me ennobleció de pronto el Monturrio y para siempre. Mi nostalgia de lo mejor, ¡tan triste en mi pobre pueblo!, halló un engaño deleitable. ¿A quién tenía yo que envidiar ya? ¿Qué antigüedad, qué ruina —catedral o castillo— podría ya retener mi largo pensamiento sobre los ocasos de la ilusión? Me encontré de pronto como sobre un tesoro inextinguible. Moguer, Monte de oro, Platero; puedes vivir y morir contento.

---

[100] «En la capilla del convento de Santa Clara, en vísperas de que sus carabelas partieran en busca del Nuevo Mundo, Colón suplicó a Dios por la feliz culminación de su epopeya», de Campoamor González, *Vida y poesía de Juan Ramón Jiménez,* pág. 18.

[101] En variantes inéditas, Juan Ramón aclara los dos regalos de Colón: «El tabaco y la sífilis», *PSA,* XVI, pág. 26.

CXXIV

EL VINO

PLATERO, te he dicho que el alma de Moguer es el pan. No. Moguer es como una caña de cristal grueso y claro, que espera todo el año, bajo el redondo cielo azul, su vino de oro. Llegado setiembre, si el diablo no agua la fiesta, se colma esta copa, hasta el borde, de vino y se derrama casi siempre como un corazón generoso.

Todo el pueblo huele entonces a vino, más o menos generoso, y suena a cristal. Es como si el sol se donara en líquida hermosura y por cuatro cuartos, por el gusto de encerrarse en el recinto trasparente del pueblo blanco, y de alegrar su sangre buena. Cada casa es, en cada calle, como una botella en la estantería de Juanito Miguel o del Realista, cuando el poniente las toca de sol.

Recuerdo «La fuente de la indolencia», de Turner[102] que parece pintada toda, en su amarillo limón, con vino nuevo. Así Moguer, fuente de vino que, como la sangre, acude a cada herida suya, sin término; manantial de triste alegría que, igual al sol de abril, sube a la primavera cada año, pero cayendo cada día.

---

[102] Joseph M. W. Turner (1775-1851), pintor inglés romántico y pionero en el estudio de la luz, el color y la atmósfera. Se le considera uno de los precursores del impresionismo.

CXXV

LA FÁBULA

DESDE niño, Platero, tuve un horror instintivo al apólogo, como a la iglesia, a la guardia civil, a los toreros y al acordeón. Los pobres animales, a fuerza de hablar tonterías por boca de los fabulistas, me parecían tan odiosos como en el silencio de las vitrinas hediondas de la clase de Historia natural. Cada palabra que decían, digo, que decía un señor acatarrado, rasposo y amarillo, me parecía un ojo de cristal, un alambre de ala, un soporte de rama falsa. Luego, cuando vi en los circos de Huelva y de Sevilla animales amaestrados, la fábula, que había quedado, como las planas y los premios, en el olvido de la escuela dejada, volvió a surgir como una pesadilla desagradable de mi adolescencia.

Hombre ya, Platero, un fabulista, Jean de La Fontaine[103], de quien tú me has oído tanto hablar y repetir, me reconcilió con los animales parlantes; y un verso suyo, a veces, me parecía voz verdadera del grajo, de la paloma o de la cabra. Pero siempre dejaba sin leer la moraleja, ese rabo seco, esa ceniza, esa pluma caída del final.

Claro está, Platero, que tú no eres un burro en el sentido vulgar de la palabra, ni con arreglo a la definición del Diccionario de la Academia Española. Lo eres, sí, como yo lo sé y lo entiendo. Tú tienes tu idioma y no el mío, como no tengo yo el de la rosa ni ésta el del ruiseñor. Así, no temas que vaya yo nunca, como has podido pensar entre mis libros, a hacerte héroe charlatán de una fabulilla, trenzando tu expresión sonora con la de la zorra o el jilguero, para luego deducir, en letra cursiva, la moral fría y vana del apólogo. No, Platero...

---

[103] Jean de La Fontaine (1621-1695), poeta francés, autor de *Cuentos* en verso y de *Fábulas*. Estas fábulas han sido imitadas en todos los países: en España, por Samaniego, Iriarte y Hartzenbusch.

CXXVI

CARNAVAL[104]

¡QUÉ guapo está hoy Platero! Es lunes de Carnaval, y los niños, que se han disfrazado vistosamente de toreros, de payasos y de majos, le han puesto el aparejo moruno, todo bordado, en rojo, verde, blanco y amarillo, de recargados arabescos.

Agua, sol y frío. Los redondos papelillos de colores van rodando paralelamente por la acera, al viento agudo de la tarde, y las máscaras, ateridas, hacen bolsillos de cualquier cosa para las manos azules.

Cuando hemos llegado a la plaza, unas mujeres vestidas de locas, con largas camisas blancas, coronados los negros y sueltos cabellos con guirnaldas de hojas verdes, han cogido a Platero en medio de su corro bullanguero y, unidas por las manos, han girado alegremente en torno de él.

Platero, indeciso, yergue las orejas, alza la cabeza y, como un alacrán cercado por el fuego, intenta, nervioso, huir por doquiera. Pero, como es tan pequeño, las locas no le temen y siguen girando, cantando y riendo a su alrededor. Los chiquillos, viéndolo cautivo, rebuznan para que él rebuzne. Toda la plaza es ya un concierto altivo de metal amarillo, de rebuznos, de risas, de coplas, de panderetas y de almireces...

Por fin, Platero, decidido igual que un hombre, rompe el corro y se viene a mí trotando y llorando, caído el lujoso aparejo. Como yo, no quiere nada con los Carnavales... No servimos para estas cosas...

---

104 Tiempo que se destina a las diversiones durante los tres días que preceden al Miércoles de Ceniza.

CXXVII

LEÓN

VOY yo con Platero, lentamente, a un lado cada uno de los poyos de la plaza de las Monjas, solitaria y alegre en esta calurosa tarde de febrero, el temprano ocaso comenzado ya, en un malva diluido en oro, sobre el hospital, cuando de pronto siento que alguien más está con nosotros. Al volver la cabeza, mis ojos se encuentran con las palabras: don Juan... Y León da una palmadita...

Sí, es León, vestido ya y perfumado para la música del anochecer, con su saquete a cuadros, sus botas de hilo blanco y charol negro, su descolgado pañuelo de seda verde y, bajo el brazo, los relucientes platillos. Da una palmadita y me dice que a cada uno le concede Dios lo suyo; que si yo escribo en los diarios.., él, con ese oído que tiene, es capaz... —Ya v'osté, don Juan, loj platiyo... El ijtrumento más difísi... El uniquito que ze toca zin papé... —Si él quisiera fastidiar a Modesto, con ese oído, pues silbaría, antes que la banda las tocara, las piezas nuevas. —Ya v'osté... Ca cuá tié lo zuyo... Ojté ejcribe en loj diario... Yo tengo ma juersa que Platero... Toq'ust'aquí...

Y me muestra su cabeza vieja y despelada, en cuyo centro, como la meseta castellana, duro melón viejo y seco, un gran callo es señal clara de su duro oficio.

Da una palmadita, un salto, y se va silbando, un guiño en los ojos con viruelas, no sé qué pasodoble, la pieza nueva, sin duda, de la noche. Pero vuelve de pronto y me da una tarjeta:

LEÓN
DECANO DE LOS MOZOS DE CUERDA[105]
DE MOGUER

---

[105] El que se pone en los parajes públicos con un cordel al hombro, dispuesto a llevar cosas de carga o hacer algún otro mandado. La

CXXVIII

EL MOLINO DE VIENTO

¡QUÉ grande me parecía entonces, Platero, esta charca, y qué alto ese circo de arena roja! ¿Era en esta agua donde se reflejaban aquellos pinos agrios, llenando luego mi sueño con su imagen de belleza? ¿Era este el balcón desde donde yo vi una vez el paisaje más claro de mi vida, en una arrobadora música de sol?

Sí, las gitanas están y el miedo a los toros vuelve. Está también, como siempre, un hombre solitario —¿el mismo, otro?—, un Caín borracho que dice cosas sin sentido a nuestro paso, mirando con su único ojo al camino, a ver si viene gente... y desistiendo al punto... Está el abandono y está la elegía, pero ¡qué nuevo aquél, y ésta qué arruinada!

Antes de volverle a ver en él mismo, Platero, creí ver este paraje, encanto de mi niñez, en un cuadro de Courbet[106] y en otro de Bocklin[107]. Yo siempre quise pintar su esplendor, rojo frente al ocaso de otoño, doblado con sus pinetes en la charca de cristal que socava la arena... Pero sólo queda, ornada de jaramago, una memoria, que no resiste la insistencia, como un papel de seda al lado de una llama brillante, en el sol mágico de mi infancia.

---

psicología de León recuerda la de tantos oficiales pueblerinos que prefieren cultivar talentos que nada tienen que ver con su humilde oficio. Para una graciosa descripción de esta psicología, véase «El telegrafista», en *Por el cristal amarillo,* págs. 287-288.

[106] Gustave Courbet (1819-1877), pintor francés, verdadero jefe de la escuela realista. También se destaca en su pintura de animales.

[107] Bocklin, véase la nota 88.

CXXIX

LA TORRE[108]

NO, no puedes subir a la torre. Eres demasiado grande. ¡Si fuera la Giralda de Sevilla![109].

¡Cómo me gustaría que subieras! Desde el balcón del reloj se ven ya las azoteas del pueblo, blancas, con sus monteras de cristales de colores y sus macetas floridas pintadas de añil. Luego, desde el del sur, que rompió la campana gorda cuando la subieron, se ve el patio del Castillo, y se ve el Diezmo y se ve, en la marea, el mar. Más arriba, desde las campanas, se ven cuatro pueblos y el tren que va a Sevilla, y el tren de Ríotinto y la Virgen de la Peña. Después hay que guindar por la barra de hierro y allí le tocarías los pies a Santa Juana, que hirió el rayo, y tu cabeza, saliendo por la puerta del templete, entre los azulejos blancos y azules, que el sol rompe en oro, sería el asombro de los niños que juegan al toro en la plaza de la Iglesia, de donde subiría a ti, agudo y claro, su gritar de júbilo.

¡A cuántos triunfos tienes que renunciar, pobre Platero! ¡Tu vida es tan sencilla como el camino corto del Cementerio viejo!

---

[108] La torre parroquial de Santa María de la Granada. Véase la nota 26.

[109] En variantes inéditas, encontramos esta aclaración interesante que aquí va en cursiva: a *la que dicen que subió a caballo, con cetro y corona, San Fernando!* (Gullón, *PSA*, XVI, pág. 153).

CXXX

LOS BURROS DEL ARENERO

MIRA, Platero, los burros del Quemado; lentos, caídos, con su picuda y roja carga de mojada arena, en la que llevan clavada, como en el corazón, la vara de acebuche verde con que les pegan...

X→

CXXXI

MADRIGAL

MÍRALA, Platero. Ha dado, como el caballito del circo por la pista, tres vueltas en redondo por todo el jardín, blanca como la leve ola única de un dulce mar de luz, y ha vuelto a pasar la tapia. Me la figuro en el rosal silvestre que hay del otro lado y casi la veo a través de la cal. Mírala. Ya está aquí otra vez. En realidad, son dos mariposas; una blanca, ella, otra negra, su sombra.

Hay, Platero, bellezas culminantes que en vano pretenden otras ocultar. Como en el rostro tuyo los ojos son el primer encanto, la estrella es el de la noche y la rosa y la mariposa lo son del jardín matinal.

Platero, ¡mira qué bien vuela! ¡Qué regocijo debe ser para ella el volar así! Será como es para mí, poeta verdadero, el deleite del verso. Toda se interna en su vuelo, de ella misma a su alma, y se creyera que nada más le importa en el mundo, digo, en el jardín.

Cállate, Platero... Mírala. ¡Qué delicia verla volar así, pura y sin ripio!

CXXXII

LA MUERTE

ENCONTRÉ a Platero echado en su cama de paja, blandos los ojos y tristes. Fui a él, lo acaricié hablándole, y quise que se levantara...

El pobre se removió todo bruscamente, y dejó una mano arrodillada... No podía... Entonces le tendí su mano en el suelo, lo acaricié de nuevo con ternura, y mandé venir a su médico.

El viejo Darbón, así que lo hubo visto, sumió la enorme boca desdentada hasta la nuca y meció sobre el pecho la cabeza congestionada, igual que un péndulo.

—Nada bueno, ¿eh?

No sé qué contestó... Que el infeliz se iba... Nada... Que un dolor... Que no sé qué raíz mala... La tierra, entre la yerba...

A mediodía, Platero estaba muerto. La barriguilla de algodón se le había hinchado como el mundo, y sus patas, rígidas y descoloridas, se elevaban al cielo. Parecía su pelo rizoso ese pelo de estopa apolillada de las muñecas viejas, que se cae, al pasarle la mano, en una polvorienta tristeza...

Por la cuadra en silencio, encendiéndose cada vez que pasaba por el rayo de sol de la ventanilla, revolaba una bella mariposa de tres colores...

CXXXIII

NOSTALGIA

PLATERO, tú nos ves, ¿verdad?

¿Verdad que ves cómo se ríe en paz, clara y fría, el agua de la noria del huerto; cuál vuelan, en la luz última, las afanosas abejas en torno del romero verde y malva, rosa y oro por el sol que aún enciende la colina?

Platero, tú nos ves, ¿verdad?

¿Verdad que ves pasar por la cuesta roja de la Fuente vieja los borriquillos de las lavanderas, cansados, cojos, tristes en la inmensa pureza que une tierra y cielo en un solo cristal de esplendor?

Platero, tú nos ves, ¿verdad?

¿Verdad que ves a los niños corriendo arrebatados entre las jaras, que tienen posadas en sus ramas sus propias flores, liviano enjambre de vagas mariposas blancas, goteadas de carmín?

Platero, tú nos ves, ¿verdad?

Platero, ¿verdad que tú nos ves? Sí, tú me ves. Y yo creo oír, sí, sí, yo oigo en el poniente despejado, endulzando todo el valle de las viñas, tu tierno rebuzno lastimero...

CXXXIV

EL BORRIQUETE

PUSE en el borriquete de madera la silla, el bocado y el ronzal del pobre Platero, y lo llevé todo al granero grande, al rincón en donde están las cunas olvidadas de los niños. El granero es ancho, silencioso, soleado. Desde él se ve todo el campo moguereño: el Molino de viento, rojo, a la izquierda; enfrente, embozado en pinos, Montemayor, con su ermita blanca; tras de la iglesia, el recóndito huerto de la Piña; en el poniente, el mar, alto y brillante en las mareas del estío.

Por las vacaciones, los niños se van a jugar al granero. Hacen coches, con interminables tiros de sillas caídas; hacen teatros, con periódicos pintados de almagra; iglesias, colegios...

A veces se suben en el borriquete sin alma, y con un jaleo inquieto y raudo de pies y manos, trotan por el prado de sus sueños:

—¡Arre, Platero! ¡Arre, Platero!

CXXXV

MELANCOLÍA

ESTA tarde he ido con los niños a visitar la sepultura de Platero, que está en el huerto de la Piña, al pie del pino redondo y paternal. En torno, abril había adornado la tierra húmeda de grandes lirios amarillos.

Cantaban los chamarices allá arriba, en la cúpula verde, toda pintada de cenit azul, y su trino menudo, florido y reidor, se iba en el aire de oro de la tarde tibia, como un claro sueño de amor nuevo.

Los niños, así que iban llegando, dejaban de gritar. Quietos y serios, sus ojos brillantes en mis ojos, me llenaban de preguntas ansiosas.

—¡Platero amigo! —le dije yo a la tierra—; si, como pienso, estás ahora en un prado del cielo y llevas sobre tu lomo peludo a los ángeles adolescentes, ¿me habrás, quizá, olvidado? Platero, dime: ¿te acuerdas aún de mí?

Y, cual contestando a mi pregunta, una leve mariposa blanca, que antes no había visto[110], revolaba insistentemente, igual que un alma, de lirio en lirio...

la Mariposa

[110] Finalmente, las variantes que ha recogido Ricardo Gullón revelan la clara intención de Juan Ramón de hacer explícito el simbolismo de la mariposa. En este último párrafo, aparece intercalada la siguiente cláusula: y *que me pareció metamorfoseada, la de la cuadra, el día de la muerte de Platero (PSA,* XVI, pág. 13). Aclaración no necesaria, pero interesantísima. Así, Juan Ramón insiste en el tema de la regeneración.

A Platero
En el cielo de Moguer

CXXXVI

A PLATERO EN EL CIELO DE MOGUER

DULCE Platero trotón, burrillo mío, que llevaste mi alma tantas veces —¡sólo mi alma!— por aquellos hondos caminos de nopales, de malvas y de madreselvas; a ti este libro que habla de ti, ahora que puedes entenderlo.

Va a tu alma, que ya pace en el Paraíso, por el alma de nuestros paisajes moguereños, que también habrá subido al cielo con la tuya; lleva montada en su lomo de papel a mi alma, que, caminando entre zarzas en flor a su ascensión, se hace más buena, más pacífica, más pura cada día.

Sí. Yo sé que, a la caída de la tarde, cuando, entre las oropéndolas y los azahares, llego, lento y pensativo, por el naranjal solitario, al pino que arrulla tu muerte, tú, Platero, feliz en tu prado de rosas eternas, me verás detenerme ante los lirios amarillos que ha brotado tu descompuesto corazón.

Platero de cartón

CXXXVII

PLATERO DE CARTÓN

PLATERO, cuando, hace un año, salió por el mundo de los hombres un pedazo de este libro[111] que escribí en memoria tuya, una amiga tuya y mía me regaló este Platero de cartón[112]. ¿Lo ves desde ahí? Mira: es mitad gris y mitad blanco; tiene la boca negra y colorada, los ojos enormemente grandes y enormemente negros; lleva unas angarillas de barro con seis macetas de flores de papel de seda, rosas, blancas y amarillas; mueve la cabeza y anda sobre una tabla pintada de añil, con cuatro ruedas toscas.

Acordándome de ti, Platero, he ido tomándole cariño a este burrillo de juguete. Todo el que entra en mi escritorio le dice sonriendo: Platero. Si alguno no lo sabe y me pregunta qué es, le digo yo: es Platero. Y de tal manera me ha acostumbrado el nombre al sentimiento, que ahora, yo mismo, aunque esté solo, creo que eres tú y lo mimo con mis ojos.

¿Tú? ¡Qué vil es la memoria del corazón humano! Este Platero de cartón me parece hoy más Platero que tú mismo, Platero...

Madrid, 1915

---

[111] La edición de 1914.

[112] Gómez Yebra nos informa en su edición de *Platero* que «este asno de cartón se conserva en la Casa-Museo de Moguer. Le fue regalado por la hija de don Manuel Bartolomé Cossío», pág. 262.

A Platero, en su tierra

CXXXVIII

A PLATERO, EN SU TIERRA

UN momento, Platero, vengo a estar con tu muerte. No he vivido. Nada ha pasado. Estás vivo y yo contigo... Vengo solo. Ya los niños y las niñas son hombres y mujeres. La ruina acabó su obra sobre nosotros tres[113] —ya tú sabes—, y sobre su desierto estamos de pie, dueños de la mejor riqueza: la de nuestro corazón.

¡Mi corazón! Ojalá el corazón les bastara a ellos dos como a mí me basta. Ojalá pensaran del mismo modo que yo pienso. Pero, no; mejor será que no piensen... Así no tendrán en su memoria la tristeza de mis maldades, de mis cinismos, de mis impertinencias.

¡Con qué alegría, qué bien te digo a ti estas cosas que nadie más que tú ha de saber!... Ordenaré mis actos para que el presente sea toda la vida y les parezca el recuerdo; para que el sereno porvenir les deje el pasado del tamaño de una violeta y de su color, tranquilo en la sombra, y de su olor suave.

Tú, Platero, estás solo en el pasado. Pero ¿qué más te da el pasado a ti que vives en lo eterno, que, como yo aquí, tienes en tu mano, grana como el corazón de Dios perenne, el sol de cada aurora?

Moguer, 1916

---

[113] Este pasaje, que ha causado problemas de interpretación para la crítica, se aclara, a mi parecer, con la siguiente observación de don Francisco H.-Pinzón Jiménez: «Creo que ofrece poca duda que "nosotros tres" son su madre, su hermano y él, que serán a los que más directamente afectará la ruina [de su familia], aunque a todos les alcancen las pérdidas de sus bienes, que les llega por sorpresa.»

Apéndices

APÉNDICE I

Prólogo a la nueva edición[1]

Empecé a escribir «Platero» hacia 1906, a mi vuelta a Moguer después de haber vivido dos años con el jeneroso Doctor Simarro. El recuerdo de otro Moguer, unido a la presencia del nuevo y mi nuevo conocimiento de campo y jente, determinó el libro. Entonces, yo iba mucho por el pueblo con mi médico, Luis López Rueda, y vi muchas cosas tristes.

Primero lo pensé como un libro de recuerdos del mismo estilo que «Las flores de Moguer», «Entes y sombras de mi infancia», «Elejías andaluzas». Yo paseaba en soledad y compañía con Platero, que era una ayuda y un pretesto, y le confiaba mis emociones.

Muchas personas me han preguntado si Platero ha existido. Claro que ha existido. En Andalucía todo el mundo, si tiene campo, tiene burros, además de caballos, yeguas, mulos. El burro llena servicio distinto que el caballo o el mulo, y necesita menos cuidado. Se usa para llevar cargas menores en los paseos de campo, para montar a los niños cansados, para enfermos, por su paso. Platero es el nombre jeneral de una clase de burro, burro color de plata, como los mohínos son oscuros y los canos, blancos. En realidad, mi «Platero» no es un solo burro sino varios, una síntesis de burros plateros. Yo tuve de muchacho y de joven varios. Todos eran plateros. La suma de todos mis recuerdos con ellos me dio el ente y el libro.

Adolescente, yo prefería mi caballo «Almirante», que me dio tanto goce, entusiasmo y alegría, con el que vi

[1] Texto inédito (que corresponde a la proyectada edición revisada de *Platero)*, tomado por don Francisco H.-Pinzón Jiménez de un borrador existente en la Sala Zenobia-Juan Ramón, de la Universidad de Puerto Rico. Véase «Platero revivido», de Ricardo Gullón, donde también se reproduce este texto, en *PSA*, págs. 269-272.

tantos amaneceres, tantas siestas y tantos crepúsculos, tormentas y aguaceros, campos familiares y montes estraños. Luego, cuando se compró para mí la finca de Fuentepiña, preferí el burro para andar por el campo. Yo no iba sobre el burro, el burro me acompañaba. Para ir así es más compañero el burro que el caballo, aunque sea más hermético y más huido. Pero es más paciente y más humilde.

Vuelto yo a Madrid, 1912, Francisco Acebal, director de «La Lectura», que leyó algunos de mis manuscritos, de «Platero», me pidió una selección para su Biblioteca de Juventud». Yo no le toqué, como digo en la nota preliminar de este librillo, a lo escojido para él. Yo (como el grande Cervantes a los hombres) creía y creo que a los niños no hay que darles disparates (libros de caballerías) para interesarles y emocionarles, sino historias y trasuntos de seres y cosas reales tratados con sentimiento profundo, sencillo y claro. Y esquisito.

No es, pues, «Platero», como tanto se ha dicho, un libro escrito sino escojido para los niños.

Ahora lo tengo ordenado en otra forma: tres partes.

Primer Platero, Platero mayor, Último Platero. Y lo he correjido de modo natural y directo, quitando *gualdos, cuales*, etc., allanándolo más.

APÉNDICE II

La muerte de Platero[1]

Don Francisco fue uno de los primeros buenos amigos de mi burrito de plata. Y si el librillo caminó tan bien, fue porque él sacó a Platero por el ronzal hasta la puerta de la vida.

La última vez que fui a ver a don Francisco vivo, ya en cama definitiva y débil hacia abajo, el fondo, tenía sobre su cómoda un montón de ejemplares que, me dijo Cossío, había mandado y mandaba aún, enero, aquel año a algunos amigos lejanos, como regalo de Navidad y Año Nuevo.

Ese día me dijo don Francisco cariñosa y zumbona mente que me había escrito una carta larga y escesiva, una carta de primera impresión, que luego había roto, no fuese yo, me dijo, cojiéndome el brazo, a creérmelo. Me habló un poco (con la vijilancia en pie y amable de Cossío, no se fuera a cansar) de la prosa, del estilo, del paisaje, de las posibilidades que había en el tema de un nuevo Quijote. Y de pronto se detuvo. Alcanzó un ejemplar y me leyó lenta y noblemente la pájina de la muerte de Platero. Y repitió el último párrafo más despacio:

> Por la cuadra en silencio, encendiéndose cada vez que pasaba por el rayo de sol de la ventanilla, revolaba una bella mariposa de tres colores...

---

[1] Texto que me ha facilitado don Francisco H.-Pinzón Jiménez y que conserva también carácter de borrador. Este texto, por el tema, pertenece claramente a los entrañables capítulos sobre Francisco Giner. Véanse «En la muerte de un hombre», recogido en *Por el cristal amarillo;* «Un andaluz de fuego (Elejía a la muerte de un hombre)», recogido en *El andarín de su órbita, y* el gran retrato lírico «Francisco Giner» (1915), contenido en *Españoles de tres mundos.*

Y un «Bueno hombre», hacia el fondo, melancólicamente contenido. Y con un rescoldo avivado súbitamente, luz de dentro y luz de la alcoba anochecida, fundidas en sus ojos, la puya irónica usual: «Usted siempre con su aire de violinista ruso sin contrato. Claro, con esas soledades estrambóticas que escribe usted, quién le va a hacer caso, usted debía hacer versos políticos, ser el poeta político como quiere Ortega.» Y luego, en una transición: «Usted ya madurito, yo...»

Cossío me invitó suavemente a salir. Salimos. Y yo sabía que aquella mirada que él prolongaba, entre la forzada risa de Cossío, seria sin remedio, hasta la puerta, desde la oscura cavidad de la órbita evidente, era la despedida.

El mejor amigo [1]

Te prefiero, Platero, para todos los días (¡te lo he dicho tanto!) a cualquier otro amigo hombre. La mujer es diferente, incomparable, ya tú lo comprendes. Te prefiero como a un niño. Porque tú, como tú, un niño, un perro también, como Almirante, me das la compañía y no me quitas la soledad (esto que también te digo tanto) y al revés, me consientes la soledad y no me dejas sin compañía.

A ti te lo puedo contar todo en mi entusiasmo o mi pena, Platero, y todo te parece bien. Y tú, en cambio, tan bueno como eres, nunca me interrumpes para nada, no necesitas interrumpirme, te sabes valer por ti mismo. Ni me dices tampoco que soy ridículo o egoísta, aunque lo pienses; te me callas serio o distraído. ¡Qué superior eres a mí y a todos, Platero! Por eso, podemos ser tan escelentes amigos. A mí no me gusta tener amigos peores que yo.

Juntos oímos los pajarillos lejanos, olemos las rosas, bebemos en la fuente, callamos, comemos naranjas, sonreímos, miramos las nubes, nos revolcamos en la yerba; todo eso que dicen por ahí, en las reboticas, que no es propio de hombres. El hombre, Platero, sigue siendo en

---

[1] Don Francisco H-Pinzón Jiménez me ha enviado muy amablemente una copia del original de este texto, que está en la Sala Zenobia-Juan Ramón y que lleva la fecha de 1935.

Éste es el prólogo al libro de Paulita Brook, *Cartas a Platero*, México, Editorial Proa, 1944. Ademas de ser amiga epistolar de Platero, Paulita Brook es autora de dos piezas teatrales (*Entre cuatro paredes* y *Los jóvenes*) y una biografía sobre Isabel la Católica. No he podido encontrar más datos sobre ella.

Incluyo este texto por captar tan finamente la esencia de la relación espiritual entre amo y asno y por ser una hermosa expresión del sentimiento de «El Andaluz Universal».

Moguer de Andalucía de España, para el hombre (quitando a Don Julián el vicario, Eustaquio, Juanito Ramón y Pepe) y hasta para muchas mujeres (no las que más me rodean) el tipo aquel que Quevedo describió; ya sabes al que me refiero, porque te lo leí una tarde triste y fea en la noria de Verdejo. Y lo estraordinario es que no se les ocurra que a tí, burro, a los burros, a los caballos, a los perros, a los toros que tienen tanta fuerza y que estarán para ellos en la cumbre de la escala macho, os gusta también todo eso tan delicado que a mí me gusta, y no se avergüenzan de ello. Lo delicado, Platero, ¡que problemita!

Y hasta me parece, Platero, que tu burro espiritual, tu burro poeta se sale de ti, y mientras tu cuerpo empuja mi cuerpo, tu fantasía me empuja la fantasía (cuando se me ocurre esa canción que a ti también se te ocurre sin duda, la copla popular de los burros y los hombres que todavía no puedes cantar fuera, como el pájaro, como el agua, como Lolilla, como el viento en los pinos, como yo) para ayudarme a mí a cojer en ella todo el sentimiento andaluz del mundo, el sentimiento tuyo y mío.

JUAN RAMÓN JIMÉNEZ

Platero español de Francia[1]

Platero y yo vamos a salir la vez primera sin traducir, por Francia, en la edición menor para muchachos. El librillo se está imprimiendo con la sencillez que a mí me gusta y con amoroso cuidado, por la *Librairie des Éditions Espagnoles* de París, que dirije el señor Soriano. Lleva unos encantadores dibujos de Baltasar Lobo.

Y hoy mismo, cuando me disponía a escribir este proloquillo, recibí un ejemplar de este mismo *Platero* menor de la edición popular que la *Editorial Losada* publica en Buenos Aires y que se ha reimpreso ya doce veces, aparte de las ediciones completas. La edición de 1952 que tengo a la vista es de 35.000 ejemplares. Voy a entretenerme en escribir un recuento de las ediciones de *Platero.* Claro es que me será difícil detallarlas todas, ya que hay muchas de editores indignos que, aparte de robarlas, las hacen feas, lo que les perdono menos que el robo vil.

La primera vez que se publicó esta edición menor fue en la serie *JUVENTUD de La LECTURA* de Madrid, y no era sino una selección hecha por los editores (y que luego ha servido de modelo para las ediciones menores) del libro completo, ya escrito casi todo en esa fecha, 1912. En 1916 vino la primera edición completa de la *Casa Calleja*[2], y de esta casa pasó años después a *Espasa-Calpe,* luego a la *Residencia de Estudiantes,* y en 1936, año de la guerra en España, a la editorial *Signo,* casas

[1] Texto facilitado por don Francisco H.-Pinzón Jiménez. Como indica Juan Ramón en el primer párrafo, fue escrito para la edición española de *Platero,* de la Librairie des Éditions Espagnoles (que se publicó en París en 1953).

[2] En realidad, la primera edición completa de *Platero* salió en Calleja, el 13 de enero de 1917.

todas éstas madrileñas. En 1937, *Espasa-Calpe* reimprimió en Buenos Aires las dos ediciones: la completa y la menor, que aún circulan. La *Editorial Losada* dio luego tres ediciones simultáneas, de las cuales no se volvió a reimprimir la segunda, que era la mejor presentada. *Gustavo Gili,* de Barcelona, hizo una hermosa edición para bibliófilos, riquísimamente ilustrada por José Mompou, y *Saturnino Calleja* acaba de reimprimir la suya de 1916, aunque bastamente presentada, tan bella que fue la primera, en Madrid. Repito que no puedo hablar de las ediciones piratas españolas ni hispanoamericanas, de algunas de las cuales he comprobado en estas Américas que se venden copiosamente por sus precios económicos. Esto quiere decir que muchos muchachos y muchas personas mayores pueden leer este libro completo o fragmentado en buena parte del mundo. Me complazco ahora en escribir (porque decirlo lo he dicho infinidad de veces) que el impulso inicial del éxito se lo dio a *Platero* don Francisco Giner cuando el librillo salió en la colección *Juventud*.

Dos años después, 1915, el buen don Francisco se echó en su catre para no levantarse ya. Una mañana helada, Manuel Bartolomé Cossío, el crítico de el Greco, que era como un hijo de don Francisco, me llamó para que yo fuese a darle y a recibirle el último adiós a mi grande y jeneroso amigo que tanto me quería a pesar de la diferencia de 45 años que había entre nosotros. Entrando yo en su celdita encalada, que él amuebló con sencillos muebles populares españoles, su catre modesto de estudiante y el sillón de enea con respaldo alto de tablas de pino que fue de su madre, vi que tenía encima de su cómoda un montón de ejemplares de *Platero*. Al verme entrar, se sonrió triste, con aquella sonrisa de su boca grande y fina que le abría toda la cara azul y de cianosis; y mirándome con sus ojillos grandes también y entornados de tanta luz propia, y mirando al montón de los sonrosados libros, me dijo: «Sí, ya he regalado muchos ejemplares desde Nochebuena. Este año mi regalo ha sido Platero.» Nuestra entrevista no podía durar más que unos minutos, ya que él estaba tan débil, y otros aguardaban para entrar, uno a uno, en la biblioteca inmediata al dormitorio. Nunca olvidaré que antes de separarnos para siempre, cojidas nuestras cuatro manos, don Francisco separó su derecha suavemente para no prolongar la pena, aunque dejó quedada la izquierda un poco más entre las mías. Tomó un ejemplar que tenía cerca, lo abrió cuidadosamente con aquel tacto delicado con que él trataba los libros y todo lo tratable y lo intratable, y me lo dio abierto por la pájina de la muerte de Platero: «Es perfecto», me dijo lento. «Con esta sencillez debía usted escribir siempre.» Volvió a tenderme de pronto su mano también morada como su cara, dejando el libro sobre la colcha; sonrió forzado y añadiendo: «Pero no se envanezca.»

Días después de enterrar a don Francisco, a Francisco Giner de los Ríos, como dice su losa, yo publiqué una elejía a su memoria en la revista *España*, de José Ortega y Gasset; años más tarde, di una serie algo variada en mi colección de cuadernos que titulé *Presente, y* ahora voy a acabar la serie completa, más larga, de mis recuerdos de don Francisco en el primer libro de *Destino,* que quiero publicar en este 1953. Es curioso que las muchas elejías que he escrito en la muerte de personas y animales queridos, las relacione siempre, como con un dechado, con la pájina de la muerte de *Platero*. Sin duda, por su sencillez señalada por Francisco Giner agonizante, uniéndola, como anuncio no dicho de la suya, a todas las muertes que yo había de recojer. Esa sencillez es sin duda la que ha hecho tan señalada esa pájina por muchos lectores de *Platero.*

Juan Ramón Jiménez
(San Juan de Puerto Rico,
24 diciembre 1952)